천천히가
좋아요

국립중앙도서관 출판시도서목록(CIP)

천천히가 좋아요 : 행복한 인생을 사는 지혜 / 쓰지 신이치 지음;
이문수 옮김. – 고양 : 나무처럼출판사, 2009
p. : cm

원표제:「ゆっくり」でいいんだよ
원저자명 : 辻信一
일본어 원작을 한국어로 번역
ISBN 978-89-92877-09-1 03830 : ₩ 9500

인생훈[人生訓]
행복[幸福]

199.1-KDC4
179.7-DDC21   CIP2009002408

천천히가 좋아요

좋아요

행복한 인생을 사는 지혜

쓰지 신이치 지음

이문수 옮김

나무처럼

차례

시간이 없다!
-패스트 라이프의 비밀

제2부

시간의 나라로 돌아가자
-슬로 라이프의 열쇠

제1부
시간이 없다!
– 패스트 라이프의 비밀

제1장

인간과 시간의 관계

인간만이 숨 쉴 틈 없이 이리저리 돌아다니며
바쁜 것과 맞바꾸어 버린 소중한 것들을 뚝뚝 떨어뜨리고 갑니다.
— 이바라기 노리코, 「12월의 노래」 중에서

바쁘다, 시간이 없다

여러분은 시간과 사이가 좋은가? 잘 사귀고 있는가?

만약 대답이 예스라면 놀라운 일이다. 그건 상당히 드물고도 다행스러운 일이다. 어쩌면 나 혼자만의 생각인지는 몰라도 우리가 살아가는 이 시대의 사람들은 대부분 시간과 잘 사귀지 못해 고민하고 있다. 오히려 시간을 적으로 만드는 사람도 꽤 많은 편이다. 주변 사람들이 시간을 적으로까지 여긴다면 내가 아무리 시간과 좋은 사이를 유지하려 해도 나와 시간의 관계에 나쁜 영향을 미친다. 그렇기 때문에 시간을 어떻게 생각하는가는 누구에게나 매우 중요한 일이다.

시간은 너무 많아도 곤란하고 너무 적어도 곤란하다. 즉, 시간을 주체하지 못하는 것도 곤란하고, 바빠서 시간이 없는 것도 곤란하다는 것이다. 둘 다 곤란하기는 마찬가지지만 어느 쪽이 더 곤란할까? 많은 사람은 시간을 주체하지 못하는 쪽이라고 생각하는 것 같다. 왜 그럴까?

그건 분명히 '시간이 넉넉한 사람'에 대한 이미지가 그다지 좋지 않기 때문이다. 시간이 많으면 시간 가는 것도 잊어버리고 시간 걱정도 하지 않으면서 한가롭게 자신이 좋아하는 일을 하면서 보낼 수 있을 것이다. 하지만 세상은 한가롭게 사는 사람에게는 냉정한 곳이다. 그렇게 한가롭게 살면 빈둥댄다거나 한심하다고 말한다. 한가로운 것을 좋아하는 사람은 '게으름뱅이'라고 불린다. 여러분도 그런 말을 들은 적이 있을지 모르겠다. 물론 칭찬을 들은 게 아닐 것이다('게으름뱅이'라는 말이 찬사로 쓰이는 곳은 아마 우리 '나무늘보 친구들' 밖에 없을 것이다 – '나무늘보 친구들'은 저자가 1990년에 만든 NGO다. 나무늘보를 뜻하는 일본어 '나마케모노'에는 게으름뱅이라는 뜻도 있다 -역자).

'여백 증후군'이라는 이상한 이름의 병을 혹시 알고 있는지 모르겠다. 내가 근무하는 이 병에 걸린 학생들이 있다. 증상은 이렇다. 수첩의 일정표가 일로 빈틈없이 채워져 있지 않으면 그 여백에서 황소바람이 들어오는 것 같아 불안해서 견디지 못하는 것이다. 그래서 무리하게라도 일을 만들어 여백을 채워넣으려 하고, 그것이 잘되지 않으면 또 괴로워한다. 이와 비슷한 병으로, 내 멋대로 지은 이름이긴 하지만 '이러고 있으면 안 돼 증후군'이 있다. 수첩에 일정이 빼곡하게 채워져 있을 만큼 바쁘게 사는 사람도 어떤 일을 하고 있을 때조차도 '이러고 있으면 안 돼'라는 생각에 얽매여 괴로워한다.

여러분은 '바쁜 것과 한가한 것의 중간쯤이 좋다'고 생각할지도 모르겠다. 사실 나 역시도 그렇다. 하지만 세상은 좀처럼 그런 것을 허락하지 않는다. 한때 캐나다의 몬트리올이라는, 일본의 도회지보다 훨씬 여유로운 곳에서 살았던 적이 있다. 그곳에서 나는 한가롭지도 않으면서 또 바쁘지도 않게 아주 적당하다고 생각하면서 살았다. 그 무렵, 일 관계로 만난 일본 사람에게 "이제 슬슬 당신도 뭔가 생각하는 게 좋을 거야" 하는 소리를 들었다. 그는 어느 큰 영화사의 부장이었는데, 서른 살이 넘어서도 취직도 하지 않은 채 외국에서 무사태평하게 사는 나를 연장자로서 질책한 것이었다. 헤어질 때 그는 첫 만남에서는 생각할 수 없을 만큼 친근하게 내 어깨 위에 손을 얹고 "분발하세요" 하고 말했다. 그가 말한 "분발하라"는 건 무슨 의미였을까? 아마도 그건 "좀더 바쁘게 살아" 하는 뜻이 아니었을까?

영어로 '일'이나 '장사'를 뜻하는 비즈니스business라는 말은 비지busy, 즉 바쁘다는 말에서 나왔다. 바쁘면 바쁠수록 장사도 잘되고 돈도 많이 번다는 뜻이다. 그래서 영어로 "장사는 어때?"라는 질문에 "비지!"라고 대답하는 사람은 반갑다는 듯이 미소를 짓지만, "슬로slow"라고 대답하는 사람은 어두운 표정으로 고개를 젓는다. 일본에서도 일이 바빠서 잠잘 시간조차 없을 때 흔히 '즐거운 비명'을 지른다고 한다. 그러나 가끔 그러면 좋을지 모르지만, 굉장히 바쁜 게 일상처럼 되어버리면 '즐거운 비명'은 말 그대로 '비명'이 되고 말 것이다.

어른만이 아니라 요즘에는 아이들도 바쁜 것 같다. 많은 아이가 바쁘다는 말을 입에 달고 다닌다. 조금 옛날로 돌아가 보자. 내가 어렸을 때 나는 정말 바빴을까 하고 생각해본다. 시간이 남아돌아서 곤란하다든가 따분했다든가 하는 일은 거의 없었던 것 같다. 매일 여러 가지 놀이가 무궁무진했다. 하지만 정말 바빴는가 하면 그건 아니었던 것 같다. '바쁘다'는 말을 모르지는 않았지만, 그 말이 내 삶과 관련 있는 말이라고 생각했던 적은 거의 없었다.

내가 어렸을 때와 지금 여러분과의 큰 차이는, 나는 어려서 어른들한테 그다지 심하게 재촉당하지 않았다는 사실이다. 예를 들면, 그때 나는 '노는 데 바빴다'고 할 수 있다. 하지만 내가 바빴던 것은, 아마 여러분이 '학원이나 숙제, 혹은 다른 과외활동으로 바빴 겠지' 하고 생각하는 것과는 그 의미가 다르다. 나는 누구에게도 재촉당하지 않았다고 생각하지만 지금 여러분은 어떤지 모르겠다. 지금 아이들은 언제나 '서둘러' '빨리' '꾸물대지 마' 같은 말에 시달리고 있다. 내가 지금까지 경험했던 외국과 비교해보면 특히 일본의 아이들은 바쁘기 짝이 없다. 그만큼 아이들을 등 뒤에서 떠 밀거나 몰아붙이는 사회적 힘이 강한 것이다. 부모로서 또 교사로 서 우리는 모두 지금까지 아이들과 학생들을 그만큼 몰아붙였다. 그런 걸 생각하는 것만으로도 식은땀이 난다. 이제라도 아이들을 천천히 기다려주는 어른이 되어야 한다.

하지만 재촉당하기만 하는 아이들은 어떻게 생각할까? 재촉당 하는 게 괴로워서 자신을 바쁘게 내모는 어른들에게 신물을 내거 나 한가롭게 시간을 보내는 사람을 동경하지는 않을까? 실제로 그 렇게 생각할까? 이상하게도 그런 경우는 많지 않다. 역시 한가한 사람에 대한 이미지는 아이들에게도 좋지 않은 것 같다. 바쁘지 않 은 것은 당연히 그 사람이 별로 필요하지 않거나 혹은 인기가 없거 나 할 일이 없기 때문이라고 생각한다.

요즘 아이들끼리는 하는 말로 하면, 바쁘지 않은 사람은 '존재 감'이 없다고 느끼는 것이다. 자신이 만약 사람들에게 필요가 없는, 즉 있으나 마나 한 존재가 된다면 그건 꽤 비참한 일일 것이다. 그래서 그렇게 되지 않도록 아이들은 '분발한다.' 바쁜 어른들을 모델로 삼아 자신도 바빠야 한다고 생각한다. 그것밖에 자신의 미래는 존재하지 않는다고 생각한다. 이렇게 해서 아이들 역시 시나브로 자기 자신을 점점 재촉하게 된다.

우리는 흔히 "시간이 필요해!" "시간이 없어!"라고 말한다. 최근에는 '점점 바빠지고 있다'고 느끼는 사람들도 많다. 오랜 옛날부터 시간이 흘러가는 속도를 한탄하는 사람은 있었을 것이다. 반면에 시간이 가속도로 빨라지는 것 같아서 뭔가 이상하다고 느끼는 사람도 점차 늘어나는 것 같다. 우리는 대부분 '시간에 쫓기고' 있거나 혹은 '시간을 쫓고' 있다. 하지만 결국 이 둘은 절대 다르지 않다. 한번 곰곰이 따져봄직 하지 않을까. 그렇다면 '시간이 없다'거나 '부족하다'는 것은 도대체 어떤 것일까?

무엇 때문에 바쁜가?

아무래도 '바쁘다'는 것과 '바쁜 듯하다'는 것과는 큰 차이가 있는 것 같다. 나는 '가난한' 아시아와 남미의 여러 나라를 방문할 때마다 풍요로운 자연을 지키려는 현지인들에게 많은 도움을 받았다. 그런 나라에서도 특히 도회지에는 바쁜 사람들이 있다. 하지만 바쁘게 사는 사람은 거의 없다. 예를 들면, 대부분 사람이 하루에 채 1달러도 벌지 못하는 미얀마의 시골에서 나는 마을 사람들이 아등바등하거나 안절부절못하면서 "시간이 없다!"고 이야기하는 것을 본 적이 없다. 그들의 삶은 우리가 상상하는 '여유 있는 생활'과는 다르지만 모두가 있는 그대로 느긋하고 여유롭게 산다고 할 수 있다. 물론 이렇게 말하면 나를 향해 많은 반론이 쏟아질 것이다. "가난한 게 좋다는 말이냐? 가난해서 학교나 병원에도 가지 못하는 사람도 많고, 깨끗한 물이나 음식이 없어서 죽는 사람도 많지 않은가?"

물론 가난에는 여러 종류가 있고 또 정도의 차이도 있기 때문에 무조건 가난이 좋다거나 나쁘다고 할 생각은 없다. 나는 단지 나 자신의 경험에 따라 이렇게 말하고 싶을 뿐이다. '가난해서 불쌍하다'는 이야기를 듣는 사람들은 한가롭게 살고, 되레 '부자라서 풍요롭다'는 이야기를 듣는 우리가 오히려 각박하게 사는 게 실제 현실이라고.

이 같은 사실은 물론 세상의 상식과는 어긋난다. 바쁘게 공부하거나 일하는 사람 중에는 '부자가 되어서 아등바등하지 않고 여유 있게 살기 위해서는 일찍부터 열심히 일해야 한다'고 생각하는 사람이 많기 때문이다. 이처럼 세상의 상식과 실제 현실이 어긋나는 것을 알고 있었던 사람이 옛날에도 많이 있었던 것 같다.

지금으로부터 약 2천4백 년 전 고대 그리스에는 항상 술독에 빠져 살았던 디오게네스라는 괴짜 철학자가 있었다. 그는 아무런 일도 하지 않고 언제나 빈둥거리기만 했다. 어느 날 누가 일하지 않는 이유를 묻자 그는 "그러면 당신은 무엇 때문에 일을 하시오?" 하고 반문했다. 그러자 상대는 "돈 때문이지요. 그래야 일하지 않더라도 여유 있게 살 수 있지 않겠소" 하고 대답했다. 그 말을 들은 디오게네스는 "아, 그렇다면 나는 벌써 그렇게 하고 있소"라고 응수했다고 한다. 이와 비슷한 이야기는 에도江戸 시대의 소설에도 나오고, 세계 각지 여러 민담으로 전한다.

남미 에콰도르에서도 이런 재미있는 이야기를 들은 적이 있다. 어느 미국인 사업가가 호수 근처에 갔다. 그 호수에는 작은 배가 한 척 떠 있었다. 마치 그림 같은 아름다운 풍경이었다. 그런데 그 배 위에서 어부가 꾸벅꾸벅 졸고 있었다. 사업가는 걱정되어서 "고기를 좀더 많이 잡지 그러세요. 왜 더 안 잡습니까?" 하고 물었다. 그러자 어부는 "더 잡으면 뭐 좋은 일이라도 생긴답니까?" 하고 되물었다.

"더 많이 잡으면 돈을 더 많이 벌지 않습니까?"

"더 벌어서 무슨 좋은 일이 있습니까?"

"그렇게 번 돈으로 더 큰 그물도 살 수 있고, 배도 더 큰 걸로 살 수 있지 않습니까? 그러면 고기도 훨씬 더 많이 잡아서 돈을 지금보다 더 많이 벌 수 있지요."

"그렇게 돈이 많으면 뭐 좋은 일이라도 있습니까?"

"그러면 더는 돈 걱정 없이 느긋하게 배를 띄워서 낚시나 하며 놀면서 살아도 되지 않겠습니까?"

"그거야말로 내가 지금 그렇게 하고 있지 않소. 당신이 나를 방해하기 전까지는."

'시간이 없다'는 고민에 빠져 있으면서도 우리 '선진국' 사람들은 그 문제에 대해서만큼은 도저히 방법이 없다고 진작부터 체념해왔다. 아무리 바쁘고 피곤하더라도 '시간이 없는' 것이 일이 없는 상태보다는 더 낫고, 가난해서 먹을 게 없어 곤란한 것보다 더 낫다고 굳게 믿어왔는지도 모르겠다. 그래서인지 이렇게 생각한다. 가족과 함께 보낼 시간이 없어도, 친구들과 한가롭게 이야기를 나눌 수 없는 시간이 없어도 괜찮아. 그렇게 해서 돈 많은 부자만 될 수 있다면!

'선진국' 사람들은 '가난한' 나라를 '후진국'이라 부르며 깔보고 내려다본다(요즘에는 후진국이라는 말을 실례라고 생각해서 '개발도상국'이라고 부르지만, 나는 이 말 역시 실례라고 생각한다). 선진국 사람들의 그런 시각은 마치 어른들이 아이들을 무시하고 내려다보는 마음과 비슷하다. '선진', 즉 '먼저 앞으로 나가는' 어른은 시간이 없는 것만큼은 참을성 있게 견뎌내야 한다. '후진' 즉, 뒤에서 이쪽을 향해 다가오는 아이들은 지금은 여유가 있고 한가롭다 하더라도 언젠가 어른이 되면 지금의 우리처럼 바쁘게 일하면서 살아가야만 한다. 그것이 인생이야 하면서.

빠빠라기의 불행

그렇다면 '후진국'으로 불리는 지역에 사는 사람들의 눈에는 이런 식으로 생각하고 살아가는 '선진국'의 어른들이 도대체 어떻게 비칠까? 여러분도 반드시 읽었으면 하는 《빠빠라기》라는 아주 훌륭한 책이 있다.

지금으로부터 약 1백 년 전, 남태평양 사모아 근처 티아비아 섬에 투이아비라는 이름의 촌장이 살았다. 그는 당시 세계에서 가장 '앞선 문물을 자랑하던' 유럽을 방문하고 돌아와 그곳에서 보고 느끼고 생각한 것을 섬사람들에게 들려주었다. 그 이야기를 한 권의 책으로 묶은 것이 바로 이 책이다. 제목인 '빠빠라기'는 섬사람들의 말로 백인이나 유럽인, 혹은 문명인을 의미한다. 빠빠라기의

삶의 방식이나 사고방식은 투이아비를 깜짝 놀라게 하였다. 그중
에서도 그를 가장 놀라게 한 것은, 빠빠라기의 '시간'에 대한 태도
였다. 투이아비는 이렇게 말한다.

> 빠빠라기는 시간에 대해 아주 호들갑을 떨고 너무나도 어리석은
> 말들을 늘어놓는다. 그렇다고 해봐야 해가 뜨고 질 때까지 그 이
> 상의 시간은 절대 있을 리가 없는 데도 빠빠라기는 결코 그것에
> 만족하지 못한다.

투이아비의 전언에 따르면, 빠빠라기는 언제나 시간이 부족한
것을 한탄하며 하늘을 향해 "좀더 시간을 다오!" 하면서 불평은 늘
어놓는다고 한다. 그가 경험한 유럽에는 시간이 넉넉한 사람이 거
의 없었다. 모두가 '내던져진 돌처럼 인생을 달려갔다'고 한다. 투
이아비가 정말 이해할 수 없었던 것은 빠빠라기들이 시간을 '시'
'분' '초'로 빈틈없이 잘게 나누고 마침내는 산산조각 내버린다는
사실이었다. 아이부터 어른까지 어디에 가더라도 잘게 나눈 시간
을 재기 위한 기계를 몸에 지니고 돌아다닌다. 그래서 빠빠라기는
언제나 시간의 뒤를 필사적으로 뒤쫓아가면서 시간에 '햇볕을 쐴
시간조차 주지 않는다.'

투이아비는 자신이 사는 남쪽 섬에서는 그 누구도 시간에 불만을 느끼거나 시간을 뒤쫓지 않으며, 시간을 학대하는 일 또한 없다고 이야기한다. 설사 그렇게 한다 하더라도 결국 누가 이득을 볼까? 아무도 이득을 보지 못한다. 누구 하나 행복해지지도 않는다. 왜 그럴까? 투이아비는 이렇게 결론을 내린다. 그건 틀림없이 일종의 전염병이라고.

그를 그토록 놀라게 했던 당시 유럽은 사람이 마차로 왕래하던 시대였다. 그로부터 1백 년, 빠빠라기는 '보다 빨리' '보다 먼저'라는 기치 아래 자동차나 비행기로 사람과 물건이 오가고, 컴퓨터로 정보를 주고받는 시대를 만들어냈다. 그런 현대의 빠빠라기들의 모습을 본다면 투이아비는 과연 어떤 이야기를 할까? 물론 우리도 화려한(?) 빠빠라기다. 게다가 유감스럽게도 우리 일본인은 시간병이라는 전염병에 걸린 훨씬 위중한 환자라고밖에 할 수 없다. 투이아비는 우리 선조인 1백 년 전의 빠빠라기를 불쌍히 여겨 시간병에서 구해주고 싶다고 생각했다. 그래서 그는 이렇게 이야기한다.

빠빠라기들이 가진 작고 둥근 시간기계를 부숴버리고, 그들에게 인간이 요구하는 시간보다 훨씬 많은 시간이 해가 뜰 때부터 질 때까지 있다는 것을 알려주어야 한다.

이 정도 일이라면 여러분도 할 수 있지 않을까? 손목시계를 부숴버리지 않더라도 적어도 손목에서 풀어서 깊은 곳에 처박아두는 결단 말이다. 그럼에도 방이라는 방 모두 시계가 걸려 있고, 휴대전화에도 시계가 붙어 있어서 자신도 모르는 사이에 시계가 눈에 들어온다. 일상생활은 시간에 따라 이루어지기 때문에 시계를 의식하지 않고 사는 것은 상당히 어려운 일이다. 하지만 우선 쉬는 날 하루만큼이라도 온종일 시계를 보지 않고 지내보면 어떨까.

시계로 표시되는 시간의 존재는 지구의 구석구석까지 널리 퍼져 있는 거대한 시스템이다. 한번 그 시스템 속에 밀려들어 가면 쉽사리 빠져나올 수 없다. 하지만 일주일에 한 번 '시계를 보지 않는 날'이 여러분에게 상상력을 가져다줄지도 모른다. 디오게네스나 미얀마의 주민들, 혹은 투이아비 같은 그 시스템의 밖에 있는 사람들이 시간을 어떻게 생각하고 있는지를 상상하는 힘을. 그뿐만 아니라 그 사람들에게 우리 삶의 방식이 어떻게 보일까를 상상하는 힘을.

제2장

누가 시간도둑인가?

천천히 걸으면 걸을수록 빨리 나아갑니다.
서두르면 서두를수록 조금도 앞으로 나아갈 수 없습니다.
— 미하엘 엔데, 《모모》에서

모모와 시간도둑

우리가 사는 이 사회에서는 마치 인사처럼 "바쁘다"든가 "시간이 없다!"는 말을 흔하게 사용한다. 모두가 생활에 쫓겨 아등바등 사느라 서로의 일에 신경 쓰거나 배려해줄 여유조차 없는 것 같다.

조바심 난다. 수월하지 않다. 성질이 뻗치고 화가 난다.

앞장에서는 1백 년 전 남태평양의 한 섬에 살았던 투이아비라는 촌장이 유럽을 여행하고 돌아와 그곳에 사는 문명인들, 즉 빠빠라기가 시간에 갖는 강박관념을 일화를 통해 소개한 바 있다. 하지만 그런 옛날로 돌아가거나 현실과 멀리 떨어진 듯한 섬 생활을 굳이 꺼내지 않더라도, 우리가 지금까지 살아왔던 인생을 되돌아보는 것만으로도 이 '시간 부족'이라는 이해하기 어려운 현상이 점점 심해진다는 사실을 알 수 있다. 그건 마치 어딘가 구멍이 뚫려 있어서 시간이 그곳으로 빠져나가거나 사라지는 듯한 느낌과 같다.

아, 그렇다면 이건 누군가의 소행일지도 모른다.

그렇다, 분명히 누군가가 시간을 도둑질하는 게 틀림없다.

시간도둑 하면 '모모'가 떠오른다. 모모는 미하엘 엔데라는 독일 작가가 1973년에 쓴 소설의 제목이다. 여기서 그 줄거리를 간략하게 소개해보자.

어느 날 어딘가에서 나타난 소녀 모모는 도시 밖 고대 원형극장의 폐허 속에서 혼자 살아간다. 옛날에는 이런 아이들을 '부랑아'라고 불렀다. 지금이라면 어린이 홈리스라고 할까. 친절한 마을 사람들은 원형극장을 고쳐 아늑한 방을 만들어주고 옷과 빵 등을 가져다주었다. 그러면서 마을 사람들은 자연스럽게 모모 주위로 모여들게 된다. 모모가 마을 사람들의 마음을 사로잡은 비결은 '대단히 뛰어난 재주'를 갖고 있었기 때문이다. 즉, 모모는 상대의 이야기를 귀담아 들어주는 '특별한' 능력이 있었던 것이다. 이웃 사이면서도 죽자 사자 한바탕 싸우고 난 뒤에 서로 말도 하지 않던 남자들도 모모 앞에만 오면 화해를 할 정도였다. 그때 모모가 한 일이라고는 두 사람이 싸움을 멈추고 이야기를 시작할 때까지 단지 기다리는 것. 그래서 이야기를 시작하면 가만히 귀를 기울일 뿐이었다.

사람들만이 아니었다. 작은 사내아이가 더는 노래를 하지 않는 카나리아를 데리고 왔을 때도 모모는 그 새가 다시 즐겁게 지저귀며 노래를 할 때까지 그 곁에서 꼬박 일주일이나 귀를 기울였다.

"모모는 이 세상 모든 것의 말에 귀를 기울였다. 개, 고양이, 귀뚜라미, 두꺼비, 심지어는 빗줄기와 나뭇가지 사이를 스쳐 지나가는 바람에도 귀를 기울였다. 그러면 그들은 각기 자신만의 독특한 방식으로 모모에게 이야기를 했다."

이처럼 모모는 자신을 둘러싼 사람들의 이야기는 물론이고 세상 속의 다양한 목소리를 듣는다. 그렇게 하기 위해서는 상대를 기다려줄 필요가 있다. 모모는 그걸 성가시게 여기거나 귀찮아하지 않는다. 기다리는 일은 시간이 필요하다. 하지만 모모는 그런 시간만큼은 조금도 아끼지 않는다.

"무엇을 하든 시간이 필요합니다. 시간만큼은 모모가 넘치도록 많이 가지고 있습니다."

그 무렵 도시에는 회색신사들이 나타나 서서히 사람들의 생활 속으로 파고들었다. 그들은 시간저축은행에서 나온 사람들이었다. 여러분도 간혹 은행에서 나온 사람들이 어른들에게 이렇게 속삭이는 걸 들은 적이 있을 것이다.

"안심하고 저희한테 돈을 맡겨주세요. 그러면 안전합니다. 게다가 이자까지 더해서 돈이 불어나니까 얼마나 좋습니까."

회색신사들은 이들과 비슷했다.

"지금 허비하는 시간을 절약해서 우리 은행에 맡겨주십시오. 그러면 거기에 이자가 붙어서 맡겨준 시간이 점점 불어나게 되고, 당신은 사용할 수 없을 만큼 많은 시간을 갖게 될 것입니다."

실제로 시간저축은행원은 이발사인 푸지 씨를 찾아가 시간을 절약하는 방법을 이렇게 설명한다. 손님 한 사람의 머리를 깎는 데 걸리는 시간을 한 시간에서 15분으로 줄인다. 이발소에 정확하고 큰 시계를 걸어서 수습생이 일하는 모습을 철저하게 감독한다. 그리고 다음과 같은 쓸데없는 일을 줄이거나 하지 않음으로써 거기에 사용된 시간을 절약한다. 식사를 천천히 한다, 나이 든 어머니와 이야기를 나눈다, 앵무새를 돌본다, 영화를 보러간다, 합창 연습을 하러간다, 술집에서 술을 마신다, 친구들과 만나 이야기를 나눈다, 책을 읽는다, 꽃을 들고 좋아하는 여인을 방문한다, 잠자리에 들기 전에 창가에 앉아 하루의 일을 돌이켜본다……. 회색신사는 이런 일들을 위해 인생의 귀중한 시간을 낭비하지 말고 그 절약한 시간만큼 은행에 맡겨두라고 유혹한다.

시간을 절약하면 몇 배로 돌려준다! 그렇게 믿은 푸지 씨는 회색신사의 권유에 모든 걸 맡겨버렸다. 그런데 푸지 씨에게는 과연 어떤 일이 일어났을까?

"그는 걸핏하면 화를 낼뿐더러 예전의 침착함을 잃어버린 사람이 되어버렸다……그가 절약한 시간은 실제로 그의 손에 하나도 남아 있지 않았다. 마치 마법처럼 사라져버린 것이다. 그래서 처음에는 그런 사실조차 알 수 없을 만큼 그의 하루하루는 서서히 짧아져 갔다. 순식간에 일주일, 한 달, 1년, 그리고 또 1년이라는 시간이 쏜살처럼 흘러갔다."

이발사인 푸지 씨에게 일어난 일이 도시의 어른들에게도 일어났다. 시간을 절약하는 사람들의 수가 점점 늘어났다. 절약하면 할수록 시간은 점점 더 빨라졌다. 그러자 사람들은 더욱 필사적으로 시간을 절약하기 위해 애를 썼다. 라디오나 텔레비전, 신문에서는 시간을 절약하기 위해 만들어진 여러 가지 새로운 기계들을 선전했다. 이렇게 편리한 기계를 사용하면 누구든 시간적인 여유를 얻을 수 있다는 것이다. 거리의 전광판에도 다음과 같은 선전문구들로 넘실댔다.

"시간 절약이야말로 행복으로 가는 길!"

"당신의 생활을 풍요롭게 하기 위해 시간을 절약하자!"

"시간은 금이다 -절약합시다!"

…….

이런 어른들의 모습을 보고 처음에는 어리석다고 생각했던 아이들도 결국에는 '어린이집'이라는 이름의 시설에 수용되고 말았다. 그래서 아이다움을 잃어버리고 '어른스럽게' 변해갔다. 놀이는 아무런 쓸모도 없이 단지 귀중한 시간을 낭비하는 것으로만 보일 뿐이다. 슬프게도 이제 거리의 모습은, 아이나 어른이나 할 것 없이 모두 바쁘게 시험공부를 하거나 일에 쫓기는 현대 일본과 너무나 닮았다. 이런 가운데 오로지 모모만이 시간도둑인 회색신사들의 정체를 간파했다. 그래서 사람들에게 훔쳐간 시간을 되찾기 위해 시간이 샘처럼 솟아나는 '시간의 나라'로 머나먼 여행을 떠난다.

"빨리, 더 빨리"

하여간 모모의 뒷부분을 재미있게 읽었으면 좋겠다.

여기서 여러분 각자 이렇게 자문해보면 좋을 것 같다. 여러분 주위에 혹시 수상쩍은 사람이 있는가? 여러분이 사는 곳에 시간도둑이 침투해 있다면 과연 눈치챌 수 있을까? 그리고 여러분은 그들에게 속지 않고 살 수 있을까?

내가 잘 아는 카메라맨으로 뇌성마비 장애가 있는 이와타 씨에게 언젠가 이런 이야기를 들은 적이 있다. 어느 날 밤, 이와타 씨가 전차에서 내려 역 계단을 한 계단씩 천천히 올라가고 있을 때였다. 그런데 그의 뒤를 술 취한 사람 하나가 바짝 달라붙어서 따라왔다. 그리고 귓전으로 술 냄새를 풍기면서 이렇게 중얼거렸다.

"빨리, 더 빨리."

장애 탓에 언제나 천천히 걸으며 자신의 속도를 유지하는 게 중요한 이와타 씨는, 나 같은 사람보다 훨씬 인내심이 강한 사람이었다. 그런 그도 몹시 화가 났을 것이고, 마침내는 뒤를 돌아보며 호통을 쳤다. 그러자 술 취한 사람은 슬금슬금 그 자리에서 도망쳐 밤의 어둠 속으로 사라졌다.

이 이와타 씨의 경험담을 나는 자주 떠올린다. 그리고 생각한다. 그 술 취한 사람은 《모모》에 나왔던 회색신사의 동료가 아니었을까 하고. 잘 생각해보면, 이와타 씨만이 아니라 우리는 모두 누군가가 "빨리 더 빨리"라고 귓전에서 속삭이는 소리를 들은 적이 분명히 있었을 것이다. 그럴 때 우리는 뒤를 돌아보지만 거기에는 아무것도 보이지 않는다. 이와타 씨나 모모에는 보였던 것이 우리에게는 보이지 않는 것인지도 모른다.

시간도둑은 이미 이 세상 곳곳에 침투해 있을 것이다. 어쩌면 이미 우리들 마음속에 자리를 잡아 버렸는지도 알 수 없는 노릇이다. 결국 시간도둑은 우리 일부인지도 모른다.

절약한 시간은 어디로 사라졌을까?

우리 사회에서는 끊임없이 새로운 전자기기나 하이테크 제품이 쏟아져나와 사람들에게 더욱 편리한 생활을 약속한다. 그래서 소비자들은 그러한 신제품의 등장을 기쁘게 반기며, 부지런히 일해서 모은 돈으로 차례차례 손에 넣는다.

하이테크는 하이테크놀로지, 즉 고도의 기술이라는 의미다. '기술혁신'을 기치로 내걸고 우리 사회는 더욱 고도의 기술을 추구하며 발전해왔다. 테크놀로지는 결국 시간 절약을 지향한다. 시간을 절약하면 그만큼의 시간을 우리는 더 즐겁고 의미 있는 곳에 사용할 수 있는 셈이다. 시간 절약을 위해 여러 가지 기기로 집이나 사무실을 가득 채워온 우리는, 그만큼 많은 시간을 절약해서 자신의 것으로 만들어야 한다. 하지만 실제로는 어떤가? 우리의 이 바쁜 일상은 도대체 어떻게 된 일인가? 절약한 시간으로 '시간 부자'가 되어야 하지만 오히려 점점 '시간 결핍'이 되고 있지 않은가?

21세기를 대표하는 테크놀로지라고 하면 자동차를 들 수 있다. 지금은 누구도 자동차가 없는 세상을 상상하기 어렵다. 이처럼 편리하고 멋진 물건도 없을 거로 여러분도 생각할 것이다. 매년 전 세계에서 4천만 대의 신차를 생산하고 있다고 한다. 미국이나 일본의 기업은 엄청난 광고비를 지출하면서 자동차를 팔아치우고 있다. 이 자동차가 전 세계에서 심각한 문제를 일으키고 있다는 사실을 여러분은 생각해본 적이 있는지 모르겠다. 도로의 교통사고로 탓에 사망하는 사람이 전 세계적으로 매년 88만 5천 명에 이른다. 자동차 등이 일으키는 대기오염에 따른 질병으로 사망하는 사람은 1년에 3백만 명에 이른다고 한다.

자동차가 달리려면 도로가 필요하다. 그 도로를 만들기 위해서는 많은 자원이 필요하고, 주변 환경도 파괴된다. 자동차가 내뿜는 가스는 대기오염이나 지구온난화에도 큰 영향을 끼친다. 그리고 자동차를 달리게 하려면 엄청난 양의 석유도 필요한데, 그것을 싼 가격에 손에 넣기 위해 국가나 기업은 서로 경쟁을 하고 그 때문에 전쟁마저도 불사한다. 바로 이런 것들 모두가 '편리하고 멋지게' 보이는 자동차라는 테크놀로지의 무대 뒤에 숨겨져 있는 비용이다. 우리의 시간을 절약하기 위한, 정신을 아득하게 만드는 이 비용은 도대체 누가 지급하는 걸까? 그런 걸 생각하면 이제 그 기계에 '자동차'라는 이름은 무척이나 아깝다는 생각이 든다. 세상에서 이토록 큰 문제를 일으키는 데도 '스스로 움직이는 차'라니 말이다!

지금은 그런 모든 문제는 옆으로 제쳐놓고, 자동차가 줄여주었다는 시간이 과연 어디로 갔는가 하는 문제로만 국한해서 생각해보도록 하자. A씨가 차를 샀다. 이 차로 인해 통근이나 쇼핑, 아이들을 데리고 다니는 일이 한결 즐거워졌다. 즉, A씨는 그런 일들을 훨씬 빠르고(더 짧은 시간에) 간단하게(더 적은 노력으로) 할 수 있다고 생각할 게 틀림없다. 하지만 그가 거기에서 만족하고 차가 절약해준 시간을 여가로 보낼 수 있을까? 아마 그렇지 못할 것이다. 어차피 차라는 편리한 도구가 있으면 더 여러 곳에 부지런히 더 자주 가게 될 것이다. 이제까지는 갈 수 없었던 더 멀고 불편한 곳에도 가게 된다. 즉, 차를 가짐으로써 A씨의 수중에 들어왔어야 할 시간은 차때문에 더 먼 거리를 달리기 위해 사용될 것이다. 시간이 흐르면서 거리에 대한 A씨의 감각이 크게 바뀌면서 이전에는 아주 멀다고 느꼈던 곳이 이제는 멀지 않게 된다. 하지만 역으로 이전에는 가볍게 걸어 다녔던 곳도 이제는 너무 멀어서 차로 가야 할 것처럼 느껴지기도 한다. 이러니 아무리 도로를 만들어도 혼잡함이 사라지지 않는 것이다.

마법사의 제자들

자동차만이 아니다. 새로운 테크놀로지로 인해 절약된 시간은, 더 많은 거리를 달리고, 더 많은 장소에 가고, 더욱 많은 사람을 만나고, 더 많은 정보를 얻고, 더욱 많은 비즈니스 기회를 잡고, 더 많은 돈을 벌기 위해 사용될 것이다. 실제로 인간이 이동하는 데 사용하는 비행기나 자동차, 선박 같은 교통수단 중 60%는 비즈니스, 즉 개인적인 이유가 아니라 장사나 일을 위해 사용한다고 한다.

절약한 시간에 일해서 번 돈으로 시간을 더욱 절약하기 위한 하이테크 기기를 살 수도 있다. 실제로 인터넷이나 전자 메일, 휴대 전화로 이동하는 정보의 양과 스피드는, 이전에는 도저히 상상조차 할 수 없을 정도로 엄청나다. 게다가 그 스피드는 점점 더 빨라지고 있다. 이 같은 새로운 테크놀로지 덕분에 우리는 엄청난 양의 시간을 절약할 수 있게 되었다. 하지만 그 반면에 인터넷의 등장으로 우리의 생활은 이전보다 더 바빠지고, 그런 상태를 내버려두면 점점 더 바빠질 뿐이라는 것도 명확한 사실이다.

그래서 예전으로 돌아가면 좋겠다고 생각할 수도 있다. 하지만 사회 전체가 지금의 스피드를 기준으로 움직이는 이상 혼자서만 그 흐름에서 벗어나기는 어렵다. 뒤돌아가기는커녕 거기에 그대로 멈추기조차 어렵다. 게다가 예전에는 상상할 수 없었던 스피드에 한번 길들면 이번에는 예전의 스피드가 어땠는지 좀처럼 기억나지 않게 된다. 예컨대, 인터넷이나 전자 메일, 휴대전화도 없었던 과거의 자신들이 어떻게 살았던가를 알지 못하는 것이다. 우리는 스피드에 취해 있는 게 분명하다. 그래서 우리 자신이 어디에서 왔고, 지금 어디로 가고 있는지 전혀 알지 못한다.

독일에 옛날부터 전해오는 '마법사의 제자'라는 이야기가 있다. 마법사의 제자가 된 홈볼트는 어느 날 스승이 외출하자 어깨너머로 배운 마법으로 빗자루에 마술을 걸었다. 청소하기가 귀찮아서 빗자루에 대신시키려 했던 것이다. 마법에 걸린 빗자루는 부지런히 우물에서 물을 길어 올렸다. 그때 갑자기 훔볼트는 깨달았다. 어떻게 해야 마법을 풀 수 있는지 아직 배우지 않았던 것이다. 결국 빗자루가 계속 길어온 물로 집안은 물바다가 되고 말았다.

테크놀로지는 마법과 비슷하다. 하지만 예전의 기술은 대단히 오랜 시간에 걸쳐 형성된 것이다. 몇십 년, 몇백 년, 때로는 몇천 년이라는 긴 시간에 걸쳐. 여러분도 시행착오라는 말을 알고 있을 것이다. 다양한 시도를 해보고 실패를 되풀이하면서 문제점을 찾아내 점차 해결에 접근해나가는 방식이다. 예전 기술은 그런 과정을 통해 진보했다. 하지만 그 속도가 약 2백 년 전부터 급격하게 가속화되기 시작했다. 속도가 빠르면 빠를수록 과학기술은 마술과 비슷해진다. 그래서 지금은 시행착오 같은 한가한 소리를 꺼내지도 못한다. 어떻게 해도 풀 수 없는 마법을 계속 거는 것이다. 변화의 속도가 지나치게 빨라서 어디서 누가 어떤 신기술을 발명하고 있는지 이제 아무도 알지 못한다.

현재 전 세계에서 알려진 것만으로 매주 약 3천 종의 새로운 화학물질이 인공적으로 만들어지고 있다고 한다. 그 하나하나에 대한 안전 여부를 조사할 필요가 있지만, 1년이나 2년에 걸쳐 하나씩 안전성을 조사하는 일이 불가능하기 때문에 조사를 받지 않고 만들어지는 새로운 화학물질도 점점 늘어나고 있다. 사정이 이렇다 보니 마법사의 제자인 훔볼트가 집안을 물바다로 만들었던 것처럼 순식간에 전 세계가 화학물질로 넘쳐나게 되었다. 하지만 훔볼트의 경우와 다른 것은, 이 같은 현실이 단지 이야기만이 아니라는 사실이다. 실제로 지금 우리가 사는 지구는 온갖 화학물질로 홍수를 이루고 있다.

시간도둑의 정체는 과연 무엇일까? 그 대답은 어쩌면 테크놀로지라는 마법 속에 숨겨져 있는지도 모른다. 그 마법을 부리는 존재는 다름 아닌 바로 우리 자신이다. 하지만 우리은 모두 마법에 길든 '마법사의 제자'들이다. 마법을 걸 수는 있어도 그것을 어떻게 하면 멈출 수 있는지 아는 사람은 거의 없는.

제3장

시간전쟁

이미 제3차 세계대전은 시작되었다.……
그것은 영토나 종교를 둘러싼 전쟁이 아니라
우리 자손을 파멸로 이끌 시간의 전쟁…….
— 미하엘 엔데, 《엔데의 유언》에서

'자연시간'과 '사회시간'

　시간은 크게 두 가지 종류로 나눌 수 있다. 하나는 '자연 시간'이고, 또 하나는 '사회 시간'이다. 우선 자연시간부터 보자. 여기에는 47억 년이라는 지구 탄생 이후의 역사, 40억 년이라는 생물 탄생 이후 진화의 역사라고 할 만한, 우리가 쉽사리 상상할 수 없을 만큼 오래도록 천천히 흘러온 시간의 흐름이 담겨 있다. 생물은 30억 년 이상 걸려 육지에 올라왔고, 공룡들의 발밑에서 꿈틀거리던 포유류 속에서 나타난 영장류는 인류를 탄생시켰다. 그게 6백만 년 전의 일이다. 지구의 역사로 보면 거의 한순간이라고 할 수 있다.

　자연시간에는 태어나고, 성장하고, 자식을 낳고, 늙고, 죽는 생명체 하나하나가 살아가는 시간도 있다. 그리고 산에는 산의, 강에는 강의, 바다에는 바다의 시간도 있다. 물은 거대한 시간의 고리 속을 언제나 천천히 헤쳐나간다. 비가 내린다. 물의 일부는 땅에 스며들었다가 시간이 지나면 지하수가 되고, 그 뒤 얼마 지나지 않아 지표면으로 솟아올라 작은 강을 이루어 큰 강으로 모여들고 마침내는 바다로 흘러들어 간다. 그리고 빗물 일부는 증발해서 기체가 되어 대기 속으로 되돌아가 구름을 이루고, 그것이 다시 비가 되어 바다와 대지에 내린다.

지구의 모든 것은 생태계 시스템 속에서 서로 밀접한 관계를 맺고 영향을 주고받으며 살아가고 있다. 생태계라는 시간의 틀(에콜로지 시간) 속에서 모든 것이 살아간다고 할 수 있다. 지구 전체가 하나의 생명체처럼 존재한다고 생각하는 과학자들도 있다. 따라서 에콜로지 시간을 '지구 시간'이라고도 부를 수 있을 것이다.

이번에는 사회시간을 살펴보자. 인간은 생명체의 일종이면서도 고도로 발달한 두뇌를 써서 자신들의 생존을 위해 자연계의 다양한 요소를 자원으로 활용하는 방법을 고안했으며, 또 언어라는 복잡한 커뮤니케이션 수단을 통해 서로 깊은 관계를 맺는 사회라는 틀을 만들었다. 그 결과, 자연시간의 틀 속에 있으면서 다른 자연시간과는 구별되는 인간 세계만의 독특한 시간인 '사회시간'을 만들어냈다. 인간 집단이 자연의 혜택을 누리고 살면서 자신들의 사회 존속을 모색하는 방법을 '경제'라고 한다. 지금과 달리 그 옛날의 경제는 자연의 시간과 올바르게 조화를 이루는 사회적인 지혜였다고 할 수 있다.

　하지만 언젠가부터 경제는 사회시간의 틀에서 벗어나 혼자만의 길을 걸어가기 시작했다. 그때까지 자연시간의 틀 속에 있던 사회시간은 변화하더라도 자연의 속도를 무시하거나 거역하지 않았기 때문에 그 변화의 속도는 언제나 완만해서 평온을 유지할 수 있었다. 하지만 경제가 혼자만의 길을 걷기 시작하면서 점차 그 시간이 가속되어 자연의 속도를 크게 앞질러 가게 되었다.

경제라는 '벌거숭이 임금'

여러분도 알고 있듯이 우리가 사는 현대 사회에서는 경제가 마치 임금처럼 으스대며 군림하고 있다. '경제' 앞에서는 모두가 굽실거리고, 그 난폭한 행동에도 아무런 말도 하지 못한 채 얌전히 있기만 한다. 경제라는 임금을 섬기는 경제학자나 이코노미스트의 말은 언제나 다른 누군가의 의견보다 중요한 것으로 받아들여진다. 인류학자이자 환경운동가인 내가 하는 말은 이코노미스트 앞에서는 아무런 힘도 없다. 예를 들면, 내가 자연이나 인간의 건강을 망가뜨리는 댐이나 도로, 발전소 건설을 반대하면 "경제를 위해서는 방법이 없다"는 단 한마디로 일축해버린다. 또 내가 무기를 사고파는 데 반대하면 "경제성장을 위해 필요한 것"이라는 말로 넘어가 버린다. 경제를 위해서는 환경파괴도, 건강피해도, 전쟁도 "방법이 없다"고 대답하는 그 경제란 도대체 무엇일까?

이처럼 강력한 힘을 자랑하는 경제라는 임금에게는 한 가지 곤란한 특징이 있다. 그것은 계속 성장하지 않으면 안 된다는 것이다. 여러분도 일본의 경제성장에 대해 들어본 적이 있을 것이다. 대단히 급속하게 성장해서 전 세계에서 "기적"이라고 부를 정도였다. 그와 비슷한 일이 요즘 중국에서 일어나고 있다.

성장하는 경제에는 돈이 몰린다. 돈을 가진 사람들은 그 돈을 투자해서 더욱 불리려 하기 때문이다. 경제성장의 밑바탕에는 기술혁신이 있다. 이것에 대해서는 앞장에서 살펴본 바 있다. 새로운 테크놀로지를 받아들임으로써 시간과 인력을 절약할 수 있다. 예를 들면, 발권기나 IC카드가 내장된 기계가 등장하면서 그때까지 티켓을 팔거나 검표를 했던 많은 역무원은 사라지게 되었고, 승객은 줄줄이 개찰구를 향해 발길을 옮기게 되었다(사라진 역무원들이 그 뒤에 어떻게 되었는지, 그리고 절약된 시간이 어떻게 되었는지 생각하는 사람은 거의 없지만).

경제가 성장한다는 것과 시간을 줄여 보다 짧은 시간에 일을 끝내는 것은 떼려야 뗄 수 없는 불가분의 관계이다. 즉, 경제성장

을 위해서는 시간의 스피드업이 필요하다. 경제를 중심으로 한
우리 사회에서 시간이 점차 가속화되고 있다고 느끼는 것은 바로
그 때문이다.

자연을 망가뜨리는 경제시간

나는 현재 우리 인류가 맞닥뜨린 가장 중대한 문제는 환경문제라고 생각한다. 21세기 후반을 향해 살아가는 여러분 세대나 여러분의 자녀 세대를 생각하면 정말 가슴이 아프다. 온통 나쁜 뉴스들로 가득 한 데다 환경문제가 점점 심각해져서 인류의 생존마저 위협하고 있기 때문이다. 그런데 그 환경문제의 가장 큰 원인이 바로 경제에 있다는 사실만큼은 명백하다. 지금 우리가 경제라고 부르는 것이 지금까지 그래 왔던 것처럼 계속 난폭하게 행동한다면 인류의 미래는 암울하기만 할 것이다. 그래서 어떻게 하든 모두의 지혜를 모아 경제의 방향을 크게 바꾸어야만 한다.

최근 전 세계에서 사용하는 '지속 가능한 경제'라는 말을 들어본 적이 있을 것이다. 조금 어렵게 들을지 모르지만 그건 어쩌면 자연스러운 일이다. 이 말은, 파괴를 향해 나아가는 무책임한 '경제'를 대신해 풍요로운 자연을 보존함으로써 인류의 생존을 존속시키는 참된 경제를 만들어나가야 한다는 의미를 담고 있다. 바로 그러한 경제를 위한 내 아이디어는, 자연의 틀이나 사회의 틀에서 벗어나 끊임없이 성장의 가속 페달을 밟아온 지금의 경제를 '슬로다운(감속)'시켜야 한다는 것이다. 하지만 점점 스피드업 하도록 만들어진 구조를 슬로다운시키는 것이 과연 가능할까?

환경문제를 시간의 문제로 파악하는 것도 가능하다. 우선 지구 온난화에 대해 살펴보자. 지구의 기후는 지금까지의 역사 속에서 빙하기와 간빙기라는 대규모 변화를 반복해왔다. 하지만 최근 1백 사이에 일어난 지구온난화는 지금까지와는 다른 변화로 우리 인간의 활동이 불러일으킨 것이다. 우리가 모두 아는 것처럼, 지구는 다양한 생명체가 살아가기에 대단히 적합한 단 하나의 별이다. 다른 별과 달리 지구는 평균 15도 정도의 따뜻한 온도로 유지되고 있다. 이는 지구 둘레에 얇고 투명한 막이 있어서 마치 우리가 입은 옷처럼 지구를 감싸고 있기 때문이다. 이것을 '온실효과'라고 한다. 온실효과를 만드는 기체인 '온실효과가스'는 이산화탄소(약 60%)와 메탄가스(약 20%), 그리고 프레온가스(약 10%) 등으로 구성되어 있다. 지구를 따뜻하게 유지해온 본래의 온실효과가스가, 하지만 최근에는 인간의 산업활동과 소비활동으로 말미암아 급격하게 증가하고 있다. 그 결과, 지구는 지금 뜨거운 여름에 스웨터나 오버코트를 껴입은 것 같은 상태가 되고 말았다.

결론적으로 말하면, 경제시간이 점점 가속화된 결과, 인간의 활동이 이산화탄소 등을 배출하는 속도를 대단히 빠르게 만들었고, 그래서 본래 대기의 균형을 맞추면서 최적의 상태를 유지해야 할 지구의 활동 속도가 경제시간을 쫓아갈 수 없게 된 것이다. 즉, 경제시간이 자연시간을 추월해버린 것이다

이번에는 물에 대해 생각해보자. 21세기는 흔히 '물의 세기'라고 한다. 이 말은 물과 관련된 문제가 인류의 생존을 점점 위협하게 될 것이라는 대단히 심각한 의미를 담고 있다. 지금까지의 전쟁이 주로 석유를 비롯한 화석연료를 둘러싼 쟁탈전이었던 것과 달리 지금부터는 '물 전쟁'의 시대에 돌입했다는 의미도 있다. 그리고 지구온난화도 물 부족에 큰 영향을 끼쳤다는 지적도 적지 않다.

물의 행성이라는 지구지만 지구의 물 중에서 염분 해수는 97%에 이르지만, 담수는 3%에 불과하다. 그리고 그 담수 중 대부분은 빙하나 지표면 깊숙이 묻혀 있어서 실제로 인간이 이용할 수 있는 담수의 양은, 지구 전체 수량이 한 양동이라면 불과 작은 한 잔에

지나지 않는다. 그런 물을 모두가 돌아가면서 함께 사용하는 것이다. 우리 인간들만이 아니다. 육지에서 사는 모든 동식물이나 과거에 살았던 무수히 많은 생명체가 함께 사용했다. 이런 생명체들에 보물과 같은 물을 인간이 독차지해서 경제활동에 대량으로 투입하면서 급속하게 오염시켰던 것이다. 오염된 물을 정화해서 깨끗한 물로 만들어서 다시 모든 동식물을 위해 제공해주는 것이 지구의 본래 역할이지만 이제는 가속화된 경제시간을 쫓아갈 수밖에 없게 되어버렸다.

미국이나 호주, 중국에서는 단기간에 엄청나게 많은 물을 퍼 올려서 지하수의 수위가 땅속으로 점점 내려가고 있다. 그 때문에 지표면에서는 사막화가 진행되어 곡물 생산이 어려움을 겪고 있다. 강이라는 강에는 많은 댐을 만들어 물의 흐름을 막고 있다. 그리고 그 물을 농업용수나 공업용수, 그리고 생활용수로 사용해왔다. 그 탓에 전 세계에 존재하는 커다란 강의 다수는 바다까지 흘러가지 못하고 있다. 심각한 물 부족 현상으로 말미암아 현재 80개국 11억 명이 고통을 받고 있다. 2050년까지 지구 전 인구의 70%를 넘는 75억 명이 물 부족에 직면하게 될 것이라고 한다.

급속하게 진행되는 생물종의 멸종 사태 역시 경제시간에서 비롯된 것이다. 여러분이 이 책을 읽는 사이에도 생물종들이 하나씩 멸종되고 있다. 알고 있다시피 종의 멸종은 단지 몇 마리의 동물이나 몇십 마리의 새가 죽는 것과는 차원이 다른 이야기다. 종 전체가 사라지는 것이다. 그러면 그 종은 두 번 다시 이 세상에 돌아오지 않을 뿐 아니라 그 뒤에 남은 생명체들의 대가족, 즉 생태계에는 커다란 구멍이 뚫리고 만다. 생태계 속에서는 다양한 종의 생물이 서로 영향을 주고받고, 관계를 맺으면서 미묘한 균형을 유지해나간다. 그 때문에 거기에 구멍이 생기면 그 균형은 무너져버린다. 현재 생물종이 점점 줄어듦으로써 우리 인간도 그 일원인 생태계에 큰 변화가 일어나고 있지만 아직 그 변화가 인간에게 어떤 영향을 미칠 것인가에 대해서는 확실히 알고 있지 못한 상태다.

원래 어떤 생명체든 환경 변화에 맞게 자신을 변화시키는 능력을 갖추고 있다. 이것을 '적응'이라고 한다. 하지만 그렇게 하려면 대단히 오랜 시간이 걸린다. 생명체의 대가족인 생태계 역시 종의 멸종 등에 의해 잃어버린 균형을 되찾는 데 5백 년이나 걸린다는 연구 결과도 있다. 생명체의 이처럼 느린 속도를 조급한 경제시간은 절대 기다려주지 않는다. 대기 중의 이산화탄소 증가, 물 오염, 온도의 상승…… 이 같은 급속한 환경 변화에 적응할 수 없는 생명체들은 점차 사라지고 있다. 그래서 이번 세기 안에 전 생물종의 3분 2가 멸종될 것이라는 무서운 예측마저 있다.

누가 생명체의 시간을 훔쳐갔을까?

여러분은 환경문제라고 하면 무엇이 떠올리는가? 지구온난화에 관한 기사나 포스터 등에서 북극곰이나 펭귄이 더워서 땀을 흘리는 일러스트를 봤을지도 모르겠다. 하지만 유감스럽게도 환경문제는 어딘가 먼 곳에서 일어나는 다른 사람의 일이 아니다. 그것은 여러분 가정의 식탁 위, 그리고 바로 여러분의 몸속에서 일어나고 있다.

먹을거리야말로 환경문제를 생각하는 첫 번째 관문이라고 할 수 있다. 우선 여러분이 가장 먼저 생각했으면 하는 것이 있다. 먹을거리는 생명체라는 사실이다! 생명체인 동식물은 자신만의 독자적인 시간의 속도로 살아왔다. 그래서 그 오랜 역사를 통해 인간들은 이 같은 생명체의 시간에 맞게 살아왔다는 사실을 깨달아야만 한다는 것이다. 야생동물을 사냥하고, 물고기를 잡고, 나무 열매나 뿌리를 식량으로 삼았던 인간들은 자신들의 경제활동 속도가 지나치게 빨라졌다는 사실에 충분한 주의를 기울여야 한다. 그렇지 않으면 올해는 충분히 먹을 만큼 식량이 남아돈다 하더라도 내년에는 굶주릴 수도 있기 때문이다. 농민은 씨앗을 뿌리고, 모종을 심어 그 식물이 제 속도로 천천히, 하지만 착실하게 성장할 수 있도록 인내심을 갖고 지켜보며 응원한다. 농민과 식물은 모두 태양이나 달의 움직임을 주의 깊게 관찰하고, 계절이 순환하는 시간을 함께 호흡하면서 그 속도대로 활동을 지속하며 살아왔다.

하지만 최근에 우리는 어떻게 하고 있는가? 너무나 조급해서 생명체들의 느린 시간을 기다리며 거기에 맞게 자신들의 삶을 꾸려 나갈 수 없게 된 것 같다.

농업, 어업, 목축업, 양식업, 임업 등 생명체를 상대로 한 산업을 제1차 산업이라고 부른다. 지난 몇십 년 동안 이런 제1차 산업에 '더 빨리, 더 많이'를 기치로 내건 대량생산의 사고방식이 널리 확산하였다. 공업제품은 기계화된 공장에서 같은 제품을 짧은 시간에 대량으로 생산하면 시간과 노동력을 절약할 수 있기 때문에 가격이 그만큼 낮아지게 된다. 가격이 낮아지기 때문에 대량으로 팔

수 있다. 하지만 이 같은 논리를 생명체인 제1차 산업 상품에 그대로 적용한다면 과연 어떻게 될까? 생명체를 더 빨리 더 많이 만들어내기 위해서는 생명체가 원래 가진 고유한 시간을 단축하고, 요구하는 속도를 더욱 단축해야만 할 것이다. 그런데 그렇게 하는 것이 과연 가능할까? 여러분 중에도 그렇게 생각하는 사람이 있을지도 모르겠다. 하지만 바로 이런 일들을 우리 인간 사회는 자신의 먹을거리가 되는 동식물에 거침없이 해왔다.

촉성促成재배, 단일재배, 화학비료, 농약, 화학비료, 호르몬제, 유전자 조작, 복제 기술……. 이 모두를 지금 하나하나 설명할 수는 없지만, 이 모두는 우리 인간이 최신 과학기술을 사용해 생명체들의 시간과 공간을 빼앗는 방법이라고 할 수 있다. 일본에서는 보통의 것보다 네 배의 속도로 자라는 양상추가 개발되었고, 캐나다와 미국에서는 보통 연어보다 여섯 배, 심지어 여덟 배나 빨리 자라는 연어를 만들어냈다. 경제신문에서는 이런 사건들을 멋진 뉴스로 크게 보도한다. 여러분도 아는 것처럼 연어는 작은 강에서 태어나 조금 자라면 강을 떠나 바다로 나간다. 그리고 3년에서 4년 동안 큰 바다를 여행하고 산란을 위해 자신이 태어난 강으로 돌아온다. 이것이 연어의 시간이다. 태고적부터 연어를 귀중한 식량으로 삼았던 인간은, 하지만 지금은 이처럼 여유 있는 연어의 시간을 기다려주지 않는다.

　여러분 중에서 양계장이나 돼지 사육장에 가본 사람이 있는지 모르겠다. 여러분의 먹을거리가 될 생명체들은 과연 행복하게 살았을까? 육식용이거나 알을 얻기 위한 닭들은 층층이 쌓인 좁디좁은 닭장 속에 갇혀 몸조차 뒤로 돌릴 수 없을 만큼 숨 막히게 산다. 운동부족 상태에서 높은 영양가의 사료를 끊임없이 먹기 때문에 빨리 살이 찐다. 이런 콩나물시루 같은 상태에서는 필연적으로 질병이 생기기 마련이다. 그래서 그런 질병을 막기 위해 항생물질을 투여한다. 그런 항생물질이 빨리 살을 찌게 하는 역할을 하는 것으로 알려졌다. 닭의 낮과 밤은 단축되고, 전기로 조절되며, 컴퓨터로 관리되고 있다. 해가 동쪽에서 떠서 서쪽으로 지는 자연시간의 하루를 닭들이 보내는 것을, 이제는 누구도 기다려주지 않는다.

　이처럼 보통의 생명체가 원래 요구하는 속도와 공간을 빼앗기게 되면 그 생명체에게는 어떤 일이 일어날까? 우리나 새장 속에 갇힌 동물이나 새들에게 여러 가지 문제가 발생한다는 사실은 지속적으로 보고되고 있다. 생명력과 저항력이 떨어져 갖가지 질병이 발생하는 것이다. 수년 전부터 전 세계를 공포에 몰아넣은 조류 인플루엔자AI 또한 이런 사실과 어떤 관계가 있을지도 모른다.

인도의 과학자이자 환경운동가인 반다나 시바는 우리나 새장 속의 동물이나 새들이 원래는 해서는 안 될 '서로 잡아먹기'라는 폭력적인 행동을 하는 것에 주목한다. 좁은 공간에 갇혀 있으면서 닭은 서로의 부리를 쪼아대고, 돼지는 서로의 꼬리를 물어뜯는다. 소중한 상품에 흠집이 나면 큰일이 아닐 수 없다. 여러분이 닭이나 돼지를 기르는 업자라면 어떻게 할까? 많은 업자가 닭이 서로 쪼아대기 전에 부리를 잘라버리거나 돼지가 물어뜯기 전에 이빨이나 꼬리를 없애버린다고 한다. 물론 통증을 없애기 위한 마취약도 쓰지 않는다. 하지만 이런 것들이 진정한 문제의 해결책일까 하고 시바는 질문을 던진다. 그녀는 진정한 해결책은 단 한 가지라고 주장한다. 닭이나 돼지가 요구하는 공간과 원래 몸에 지닌 '생명체의 시간'을 되돌려주어야 한다는 것이다.

이 같은 문제는 단지 동식물을 길러서 파는 사업을 하는 사람들만의 문제는 아니다. 시간과 공간의 왜곡으로 혼란스러운 데다 면역력도 떨어지고, 기분마저 언짢아져 폭력적으로 변한 생물체들의 고기와 알이 우리 식탁 위에 오르고 있다는 사실이다. 그런 불행한 생명체를 먹으면서 우리 인간은 과연 행복해질 수 있을까? 우리는 그런 점을 반드시 생각해야만 한다. 생각해보면, 우리가 살아가는 사회는 숲과 강, 바다, 그리고 인간 이외의 생명체들에게 점점 더 많은 자연시간을 빼앗음으로써 성립·존속되고 있다고 할 수 있다. 경제가 성장한다는 것은 바로 이런 것이다. 우리가 경제라고 부르는 이 시스템은 결국 하나의 거대한 시간도둑인 것이다.

제4장

사랑은 천천히

꽃의 수를 헤아리는 것은
시간을 재는 방법
흐르는 시간의 길이를
— 기시다 에리코, 「꽃의 수」에서

사람은 사랑 없이 살 수 없다

앞장에서는 인류의 미래를 위협하는 환경문제에 대해 생각해보았다. 그래서 나는 그와 같은 심각한 위기를 불러일으키는 원인으로 시간의 가속화 문제를 지적했다. 즉, '경제 시간'이 지나치게 빨라져서 '자연 시간'을 추월하게 되었고, 그로 말미암아 자연계의 구조에 여러 가지 잘못이 나타나게 되었다는 것이다. 유전자 조작을 통해 여덟 배나 빨리 성장하도록 만들어진 연어(프랑켄슈타인이라는 이름과 비슷한 프랑켄 새먼으로 불린다)와 좁은 닭장 속에 갇힌 채 항생물질을 맞고 자라는 닭에 관한 이야기도 언급했다.

이번 장에서는 좀더 이야기를 진전시켜 인간 이외의 생명체에게 일어나는 것과 비슷한 일이 사실 우리 인간들에게도 일어나고 있다는 것에 대해 이야기를 해보고 싶다. 어두운 이야기로 들릴지 모르지만 조금만 참고 들어주면 좋겠다. 그 어둠 속에 여러분이 밝은 미래를 열기 위한 힌트가 많이 들어 있으니까 말이다.

동유럽의 루마니아에서는 1989년까지 차우셰스쿠 대통령이 절대 권력을 행사하며 자신의 반대세력을 군대와 경찰력을 동원해 억압했다. 1989년 혁명으로 그의 정권은 무너지고 그때까지 국외로 알려지지 않았던 사실들이 점차 외부 세계에 공개되었다. 그중에서도 특히 충격적인 사실은 35만 명에 달하는 어린이들이 특정한 시설에 수용되어 있었다는 것이다. 이는 국가의 생산력을 높이기 위해서는 많은 노동력이 필요하다는 판단 하에 출산을 적극적으로 장려한 결과였다. 하지만 아이가 많으면 부모들은 자녀에게 많은 시간을 쓸 수밖에 없다. 그러면 공장 등에서는 일하는 사람이 줄어들기 때문에 생산력이 저하된다. 그래서 아이들을 수용소에 모아서 함께 길렀던 것이다. 그런데 조사를 해보면, 그 수용소에서는 정권이 무너진 1989년까지 마지막 몇 년 동안 매년 수용되어 있던 아이들의 3분의 1이 사망했다는 것을 알 수 있다.

도대체 그 수용소에서는 무슨 일이 일어났던 걸까? 먹을 것이 부족해서? 너무 추워서? 폭행을 당해서? 조사해보면, 그런 이유로 죽지 않았다는 사실을 알 수 있다. 그다지 풍족하지는 않아도 어쨌

든 아이들에게는 옷과 음식, 주택이 제공되었지만 무슨 영문인지 이 아이들은 단순히 감기에만 걸려도 죽었다고 한다. 즉, 질병에 저항해서 살아남을 수 있는 강한 의지나 생명력이 없었던 것이다. 이 문제를 연구한 과학자들은 이 아이들이 대량으로 사망한 원인은 '사랑이 없었기 때문'이라고 결론을 내렸다. 루마니아의 어린이 수용소는 하나의 실험으로도 볼 수 있다. 거기에서 실험 재료는 아이들이었다. 이런 것을 '인체실험'이라고 한다. 대단히 슬픈 이야기지만, 이 실험을 통해 중요한 사실을 알게 되었다. 그것은 공장에서 '물건'을 생산하는 것처럼 인간을 만들어낼 수는 없다는 것이다. 그리고 또 인간이라는 존재는 사랑 없이 살아갈 수 없는 생명체라는 것이다.

13세기에 독일 황제 프리드리히 2세도 이런 인체실험을 한 적이 있다. 시설에 갓난아기들을 수용해서 우유를 주는 일 외에는 어느 누구도 말을 걸거나 접촉하는 것을 금지했다. 이는 말을 듣지 않고 자란 아이들이 어떤 말을 하는지 조사하는 실험이었다. 예상하다시피 실험은 실패로 끝났다. 어떤 아이도 말을 하기 전에 모두 죽어버렸던 것이다.

사랑은 시간을 들이는 것

　사랑 없이 인간은 살 수 없다고 한다. 사랑은 도대체 어떤 것일까? 그걸 확실하게 말할 수 있는 사람이 있을까? 나 역시 말할 수 없다. 하지만 텔레비전의 인기 드라마나 유행가에는 언제나 사랑이라는 말이 넘쳐난다. 사랑이라는 말을 많이 쓰면 쓰는 만큼 오히려 사랑이 부족해서 모두가 사랑에 굶주린 게 아닌가 하는 생각이 든다. 모두 사랑이 없으면 살 수 없다고 굳게 믿고 있지만 오히려 사랑하거나 사랑받는 게 점점 더 어려워지고 있지 않은가. 나는 사랑에 대한 생각으로 머리가 복잡해지면 시간의 문제를 생각한다.

여러분은 《어린 왕자》라는 책을 읽어보았을 것이다. 읽었다면 혹시 이런 장면을 기억하는지 모르겠다. 별에서 별로 여행을 하다가 일곱 번째 별인 지구에 도착한 어린 왕자는 5천 송이의 장미꽃이 피어 있는 정원을 보게 된다. 거기서 어린왕자는 자신의 작은 별에 남아 있는 장미꽃을 생각하며 눈물을 흘린다. 이 세상에 단 한 송이밖에 없는 진귀한 꽃이라고 생각했는데 실제로는 아주 흔한 꽃이라는 사실을 알고서는 슬펐던 것이다. 그런데 그때 여우가 나타나 슬퍼하는 왕자를 위로하면서 둘은 친구 사이가 된다. 하지만 여우는 어린 왕자의 단순한 친구가 아니었다. 친구가 된다는 사실이 어떤 의미인가를 어린 왕자에게 가르쳐주었다. 즉, 서로 서로에게 '더할 나위 없이 소중한 존재'가 되는 것이 어떤 것인가를 알려주었던 것이다.

왕자는 다시 여행을 떠난다. 여우는 작별인사를 하며 어린 왕자에게 이렇게 말한다.

"네가 장미꽃을 그토록 소중하게 여기는 건 그 장미꽃을 위해 시간을 들였기 때문이야."

그리고 여우는 마지막으로 이렇게 덧붙인다.

"인간들은 이 중요한 걸 잊고 있지. 하지만 너는 그걸 잊으면 안 돼……"

여우는 여기에서 사랑이 무엇인가 하는 물음에 한 가지 대답을 내놓는다. 사랑은 상대를 위해 시간을 들이는 것이라고. 그렇지만 인간들은 그런 사실을 잊어버리고 있다. 여우에게 그런 이야기를 듣고서 나는 가슴이 철렁했다. 그러고 보니 여우는 다른 곳에서 왕 자에서 이렇게 말한다.

"인간들은 이제 어떤 것이든 알 시간조차 없어."

이건 여우가 인간에 대해 말한 것, 즉 아이들이 어른들을 향해 언제나 하고 싶어하는 이야기와 너무나 닮았지 않은가? 다시 말하면, 어른들은 이처럼 중요한 것을 잊어버렸고, 그래서 그걸 알 틈조차 없다는 것이다. 여우의 눈으로 보면, 요즘 일본의 아이들도 모두 너무나 바빠서 어른들과 비슷하여졌는지도 모르겠다.

나이 든 노인들의 눈에도 바쁘기 짝이 없는 지금 세상 모습이 비정상으로 보이지 않을까? 캔버스를 한 다발의 꽃으로 가득 채운 작품으로 널리 알려진 미국의 여성화가 조지아 오키프1887~1986는 1백 년 가까이 살았지만 그는 만년에 이렇게 탄식했다고 한다.

"아무도 꽃을 보려고 하지 않는다. 꽃은 작고 들여다보는 데 시간이 걸리니까? 친구를 사귀는 데 시간이 걸리는 것처럼."

꽃을 가만히 바라본다. 아니, 멍하니 바라봐도 좋다. 눈을 감고 향기를 음미해도 좋다. 하지만 바쁜 사람은 그건 시간 낭비일 뿐이라고 생각한다. 그런 건 아무 쓸모도 없을 뿐만 아니라 그 어떤 이익도 얻을 수 없기 때문이다. 아이들이 무언가를 하면서 놀고 있으면, 바쁜 사람은 그것 역시 시간 낭비라고 생각한다. 그래서 아이들에게 이렇게 묻는지도 모른다. "그건 게 도대체 무슨 쓸모가 있는 거니? 무슨 이득이 있어?" 게다가 바쁜 사람은 이렇게 생각할지도 모른다. '시간만 들 뿐 아무 쓸모도 없고, 그 어떤 이득도 없는 친구와의 만남이나 교제는 이제 필요 없어!'

실제로 지금 일본의 많은 어른은 너무나 바빠서 친구를 만나거나 사귀는 게 불가능해진 것 같다. 친한 친구가 있다 하더라도 그 친구와 좀처럼 만날 수가 없다. 설사 만나더라도 전처럼 여유 있게 시간을 보내지도 못한다. 친구와의 교제는 분명히 '하고 싶은 일'이나 '해야만 하는 일'의 리스트 속에 들어 있지만, 다른 용무(대개는 일이나 장사 같은 일이지만)와 비교하면서 '이게 더 중요해' '이쪽이 더 우선이야'라고 생각하지는 않는다. 그래서 친구를 만나는 것보다 다른 일을 우선시하는 게 뭔가 쓸모가 있고, 이익도 된다는 계산이 작동하는 것이다. 일이나 장사 같은 일은 '비즈니스'라는 말 그대로 대부분 급한 일이고, 친구는 인내심을 갖고 끊임없이 기다려주기 때문에 친구이다. 가족과의 만남에서도 이와 비슷한 일들이 일어나고 있다.

가족들을 만나는 일은 무슨 이유 때문인지 언제나 뒷전으로 미루게 된다. 그래서 오늘날 일본에서 가족들 간의 만남이나 단란함은 점차 사라지고 있다.

《어린 왕자》에 나온 여우가 말했던 것처럼, 사랑이란 아무런 쓸모도 없고 이익이 되지 않는다 할지라도 아낌없이 상대를 위해 시간을 쓰는 것이다. 즉, 사랑은 slow, 천천히 하는 것이다. 시간이 걸린다. 그래서 때로는 귀찮기 짝이 없다. 하지만 바로 그래서 사랑이다.

시간경쟁이 사랑을 망가뜨리고 있다

사람과 사람 사이의 교제에는 많은 시간이 든다. 특히 자신에게 중요한 사람을 위해서는 많은 시간을 쓴다. 그건 당연한 일이다. 그 이상으로 중요한 일이 우리 인생에 있을까 하는 생각이 든다. 하지만 왜 그토록 중요한 일이 어른들에게는 불가능한 일이 되어 버렸을까? 바로 여기에서 어른들은 이 책의 필자이고 독자인 나와 여러분에게 대단히 익숙한 말을 외칠 것이다. "시간이 없잖아! 시간이!" 그리고 어른들은 이렇게 말할지 모른다. "방법이 없잖아! 시간이 있는 만큼 쓸 수밖에 없잖아." 물론 이렇게 말하는 어른들은 시간도둑의 존재를 알지 못한다. 자신의 주변에, 아니 자신 속에 숨어 있는 시간도둑의 존재를.

여러분은 '효율'이라는 말을 자주 들어보았을 것이다. 일본의 성인 사회에서 마치 금언처럼 통용되는 키워드다. 원래는 기계의 성능을 설명할 때 쓰는 말인데, 예를 들어 기계가 어떤 일을 할 때 드는 시간이나 에너지가 일의 양에 비해 적으면 "효율이 좋다"고 한다. 역으로 많은 시간과 에너지가 들었는데도 일의 성과가 기대에 미치지 못하면 "효율이 나쁘다"고 한다.

언젠가부터 이 말은 기계만이 아니라 인간이 하는 일에도 사용되기 시작했다. 그래서 지금은 경제나 비즈니스의 세계에서 '효율이 좋다'는 것 이상으로 중요한 일은 없는 것으로까지 여기게 되었다. 그것만이 아니다. 지금은 우리 생활 곳곳에서 이 말이 자연스럽게 사용되고 있다. 시간이나 노력을 쓸모 있게 사용하는 것을 의미하는 '효율적'이라는 말은 보통 '효율적으로 시험공부를 한다'거나 '집안일을 효율적으로 한다'는 식으로 사용된다. 원래 기계에 썼던 말이 지금은 우리 생활 구석구석에까지 들어와 있다는 사실을 생각하면 꽤 무섭다는 생각이 든다.

효율을 높인다, 즉 현재 상태보다 더욱 효율을 높이는 것을 '효율화'라고 한다. 이 '효율화'가 현재 우리가 살아가는 이 사회의 슬로건이다. 효율화는 오로지 위쪽을 향할 뿐이다. 예컨대, 효율은 높일 수만 있을 뿐 낮추는 건 생각하기 어렵다. 또 높이면 높일수록 좋고, 어디까지 가더라도 '이제 이쯤이면 괜찮겠지' 라고 하는 건 좀처럼 있을 수 없는 일이다.

예를 들면, 여러 조건이 같은 두 공장에서 완전히 같은 제품을 만든다고 해보자. 같은 제품을 만드는 데 A공장이 5분, B공장이 10분 걸린다고 하면, A는 B보다 배 이상 효율적이라고 한다. 이 둘이 경쟁을 하면 당연히 A쪽이 이길 것이다. 보통 비즈니스 세계에서는 효율적인 쪽, 즉 시간이나 노력을 쓸모 있게 사용한 쪽이 이긴다고 생각한다. 왜 그럴까? 시간이나 노력을 줄이면 원래 거기에 써야 할 돈을 투입하지 않아서 그만큼 상품의 가격을 낮출 수 있기 때문이다. 그래서 같은 제품이 50엔과 1백 엔이라면 구매자는 당연히 50엔짜리를 살 것이다. 따라서 구매자로서는 효율이 더 높아져서 같은 제품을 50엔보다 훨씬 더 싸게 살 수 있다면 효율이 높아질수록 좋다고 생각할 것이다. 상품을 만드는 쪽에서도 상품을 싸게 팔지 않으면 다른 회사와의 경쟁에서 이길 수 없어서 효율을 높이려고 할 것이다.

이처럼 효율을 둘러싼 경쟁은 이미 보편화하여 있다. 효율은 시간을 적게 들인 만큼 더 나은 결과를 얻을 수 있기 때문에 효율경쟁은 동시에 시간경쟁인 것이다. 이 게임의 규칙은 '빠른 사람이 승리자가 되는 것' 이다. 속도가 빠르면 빠를수록 좋다. 그래서 어디까지 가더라도 '이제 이쯤이면 괜찮겠지' 하는 이야기는 있을 수 없다.

효율을 둘러싼 이 같은 경쟁이야말로 사회를 더욱 풍요롭게 하고 사람을 더욱 행복하게 만든다는 사고방식이 지금 우리 사회에서는 많은 사람의 공감과 지지를 받고 있다. 일본만이 아니라 전 세계에 이런 사고방식이 널리 퍼져 있고, 실제 행동으로 이어지고 있다. 그래서 많은 정치 지도자와 경제 지도자들은 이 같은 경쟁이 자유롭고 거침없이 이루어질 수 있도록 경쟁의 장애가 되는 벽을 가능한 한 걷어내야 한다고 주장한다. 신문이나 텔레비전 뉴스에 끊임없이 나오는 '자유화'나 '민영화', 혹은 '개혁'이라는 말은, 대개 이 효율화를 둘러싼 경쟁의 장애물을 제거하기 위한 이야기라고 생각하면 거의 틀림이 없다.

하지만 이 같은 효율과 경쟁을 기반으로 한 사고방식은 위험하기 짝이 없다. 왜냐하면 '시간을 줄이는 것은 좋은 것', 즉 '빠르면 빠를수록 좋다'는 단순한 믿음이 거기에 들어 있기 때문이다. 시간을 절약하면 할수록 풍요롭게 된다는 말은, 제2장에서 《모모》에 등장하는 회색신사들이 사람들을 현혹하려고 했던 말과 조금도 다르지 않다. 하지만 사람들은 그와 같은 사고방식에 현혹되고 말았다. 왜 그렇게 되었을까? 그건 '시간은 금', 즉 '시간은 돈'이라는 등식을 믿었기 때문이다. 여러분은 일하는 사람에게 지급되는 돈이 시급 8백 엔, 일급 5천 엔 같은 식으로 시간에 따른 것이라는 사실을 알고 있을 것이다. 여러분이 상점에서 사는 상품의 가격에는 그 어떤 것이든 그 상품을 만들기 위해 일한 사람들의 '시간＝돈'이 포함된 것이다.

'시간은 금'인가?

시간과 돈의 깊은 관계에 대해 여러분에게 이야기해야 할 것이 또 하나 있다. 그것은 돈이 혼자서 불어난다는 '마법'에 관한 이야기다.

우리 사회에서는 은행에 돈을 맡기면 이자가 붙어서 시간의 경과에 따라 저축한 돈이 조금씩 늘어난다. 여러분은 이런 방식이 좋다고 생각할지도 모르겠다. 하지만 안전하게 맡겨놓을 돈이 있는 사람은 좋겠지만 보통 사람은 여유가 있을 때보다 없을 때가 더 많은 것이 현실이다. 예를 들어보자. 살 집을 짓는다거나 새로운 사업을 시작할 때, 혹은 자동차를 살 때처럼 큰돈이 들 때 자신이 가진 돈으로 선뜻 지급할 수 있는 사람은 그다지 많지 않다. 그래서 은행이나 다른 금융기관 등에서 돈을 빌려야 한다. 대출이 바로 그 것이다. 물론 거기에는 이자가 붙는다. 그래서 돈을 빌릴 경우, 나 중에 갚아야 할 돈의 액수 역시 늘어난다.

앞에서 '돈이 혼자서 불어난다'고 했지만 사실 그건 정확한 말이 아니다. 돈은 시간이 가면서 늘어난다, 즉 시간의 도움을 빌려서 늘어난다고 해야 한다. 바꾸어 말하면, 시간만 있으면 돈이 늘어난다는 것이다. 식물이 자라기 위해서는 태양과 공기, 물, 흙 같은 여러 요소가 필요하지만 돈은 시간이라는 자기편만 있으면 된다는 말이다.

그렇게 시간만 있으면 간단하게 불어나기에 '행운의 돈'이라고 말하고 싶지만, 정말 행운을 차지하는 사람들은 그런 돈을 잔뜩 움켜쥐고 사람들에게 빌려주거나 은행 같은 곳에 맡겨둘 수 있는 부자들뿐이다. 아무것도 하지 않고 가만히 있기만 해도 시간이 가면 가는 만큼 돈이 불어난다. 그런 사람에게 시간은 여러분이 생각하는 시간과는 전혀 다른 의미가 있을 것이다. 여러분은 당장 눈앞에 있는 시간이 어떤 목적을 갖고 흐르는지 생각하지 못할 것이다. 하지만 부자들의 시간에는 하나의 목적이 있다. 그건 바로 '돈을 불려준다'는 것이다.

이처럼 우리 사회에서 시간과 돈은 이미 끊으려야 끊을 수 없을 만큼 깊은 관계를 맺고 있다는 것을 알 수 있다. 돈을 불리는 것이 시간의 목적이 됨으로써 마치 시간이 돈벌이를 위한 도구처럼 되어버린 것이다. 하지만 정말 두려운 것은, 이 같은 사고방식이 결코 큰 부자들만이 아니라 지금 사회 구석구석에까지, 아니 전 세계에 널리 퍼져 있다는 사실이다.

　하지만 너무 실망할 필요는 없다. 이런 식으로 생각할 수도 있기 때문이다. '시간=돈'이라는 것은 원래 '그렇게 생각할 수도 있다'든가 '그런 사고방식도 가능하다'는, 여러 개 중에서 단지 하나의 사고방식에 지나지 않는다고 말이다. 말하자면, 인간이 제멋대로 생각해서 만들어낸 이야기라는 것이다. 물론 만들어낸 이야기라고 해서 거짓말일 수는 없다. 그리고 또 나는 그런 이야기가 나쁘다고 말하고 싶은 생각도 없다. 하지만 그런 수많은 만들어낸 이야기 중의 하나를 마치 '이것밖에 없다'거나 '이것만이 진실'이라는 식으로 외골수적으로 생각하는 것은 위험하다고 이야기하는 것뿐이다. '시간은 돈'이 만들어낸 이야기 중 하나라고 한다면, 시간과 돈의 관계를 분리하기 위해 '이자 없는 세상'이라는 이야기를 만들어내자, 하고 생각할 수도 있다. '시간은 사랑' 같은 이야기를 만들어내도 좋지 않을까?

그렇다. 돈이라는 건 하나의 만들어낸 이야기에 지나지 않는다. 많은 돈을 가지고 무인도에 들어가거나 아예 돈이 없는 사회에 간 자신의 모습을 한번 상상해보자. 물론 돈은 아무런 쓸모도 없을 것이며, 여러분이 부자라는 사실 또한 아무런 의미도 없을 것이다. 모두 지금 시대는 돈 없이 살 수 없다고 생각하지만 불과 얼마 전까지만 해도 대부분 사람은 돈 없이도 잘 살아왔다. 돈으로 사야 하는 물건에 의지하지 않고도 살 힘을 가지고 있었다. 우리가 살아가는 이 사회, 이 시대에는 때때로 돈을 많이 가진 것이 사람이나 자연을 지배하는 힘을 의미하기도 하고(돈＝힘), 행복하려면 부자가 되어야만 한다고 믿기도 한다(돈＝행복). '돈으로 살 수 없는 건 아무것도 없다'고 말하고 행동하는 사람이 영웅처럼 대접받기도 한다. 하지만 '돈＝힘'이나 '돈＝행복' 같은 이야기만이 믿음으로 통용되는 사회는 인간의 오랜 역사 속에서 지극히 예외 중의 예외라고 할 수 있다.

앞장에서 보았듯이 시간에는 여러 종류가 있다. '시간＝돈' 같은 이야기에서는 그런 게 무시되고, 시간은 언제 어디서나 한 가지 종류밖에 없다는 것이다. 시간은 모두 시계로 잴 수 있다고 생각한다. 그래서 1백 년 전의 한 시간과 지금의 한 시간이 같고, 미얀마

오지의 1분과 도쿄 중심가 신주쿠의 1분이 같다고 생각한다. 효율화로 절약된 시간도, 시간인 것만큼은 변함이 없다. 기계의 성능을 높여서 절약하거나, 잡담을 하지 않거나 점심을 건너뛰어서 절약하거나, 산에 터널을 뚫거나 강에 다리를 놓거나 바다를 매립해서 절약하거나, 보통의 것보다 여덟 배나 빨리 자라는 연어를 만듦으로서 절약하거나 해서 시간을 절약할 수 있다. 제각기 경우는 다르지만 이렇게 절약된 시간은 모두 돈으로 치환될 수 있다. 하지만 거기에서는, 지구에는 '지구시간'이 있고, 자연계에는 '자연시간'이 있고, 인간을 비롯한 각기 다른 생명체에는 '생물시간'이 있다는 사실을 잊어버리고 있다. 그런 것 하나하나에 애정과 관심을 갖는 사람은 빠른 사람이 승리하는 효율경쟁에서 결코 따라갈 수 없는 것이다.

마찬가지로 '시간=돈' 이야기에는 사람과 사람 사이에는 독특한 인간관계의 시간이 있다는 사실조차 망각하게 만든다. 가족에게는 '가족시간', 친구들끼리는 '친구시간', 지역 사람들에게는 '지역시간'이나 '커뮤니티 시간'이 있기 마련이다. 하지만 그런 쓸데없는 데에 많은 시간을 쓰는 '게으름뱅이'는 결국 경쟁에서 낙오될 운명에 놓일 수밖에 없다.

'인생은 경쟁'인가?

　'인생은 경쟁'이라든가 '인간은 경쟁이 없으면 게으름뱅이가 된다' 거나 '사회는 경쟁을 통해 진보·발전하고 풍요로워진다' 는 것도 모두 인간의 머리에서 나온 '경쟁 이야기' 라는 만들어낸 이야기에 지나지 않는다. 그렇다면 경쟁이란 어떤 것일까? 일반적으로 같은 목표를 향해가며 경합을 벌여 승부나 우열(어느 쪽이 열이고 어느 쪽이 우일까?)의 결과를 따지는 일이다. 하지만 여러분은 이렇게 생각하면 좋겠다. 사회는 애당초 사람들이 같은 목표를 향해 달려가며 경쟁하기 위한 장소가 결코 아니라는 것이다. 어떻게 사회 구성원 한 사람 한 사람의 목표가 같을 수 있겠는가.

나는 경쟁이 무조건 나쁘다고 말하려는 게 아니다. 오로지 경쟁 밖에 없다는 믿음이 두려운 것이다. 스포츠나 대회를 통해 경쟁하는 모습을 보는 것은 분명히 재미있는 일이다. 참가자들은 가슴을 두근거리며 열심히 노력해서 기술을 단련한다. 확실히 경쟁은 일시적으로는 사람에게 목표를 줄 뿐만 아니라 평소 때 이상으로 힘을 끌어내기도 한다. 하지만 경쟁이 일시적인 것이 아니라 일상적인 삶 속에 언제나 뿌리를 내린 사회에서 살아가는 것은 결코 즐거운 일이 아니다. 사회 속에서는 경쟁을 지향하는 곳도 있을 것이다. 하지만 가족이나 친구, 이웃, 마을, 지역처럼 경쟁을 지향하지 않는 곳도 많다. 회사 동료나 학교 친구의 경우, 지금은 서로 경쟁하는 것이 당연한 일처럼 되었지만, 원래는 서로 돕는 사이가 아니었던가.

오늘날 일본처럼 경쟁 제일의 사고방식이 사회 모든 곳에 퍼져 있는 사회에서는 살기가 어렵다. 물론 그런 사회가 오래도록 지속하지는 않을 것이다. 왜냐하면, 노골적인 경쟁은 사람들을 '승리'와 '패배'로 나누어버리기 때문이다. 효율경쟁에서 이기는 쪽은 빠르고 효율적인 사람이다. 더디고 요령이 좋지 못한 사람은 지게 될 것이다. 그래서 심한 경우에는 경쟁에서 낙오하고 차별당하고 따돌림당하게 된다. 이런 사회에서는 대립과 증오, 질투가 늘어나기만 할 뿐 평화를 지키거나 유지하기는 어렵다. 그래서 우리는 사회가 경쟁만을 위한 곳이 아니라 서로의 존재를 인정하고 받아들이며, 함께 나누고, 서로 도와가며 살아가기 위한 곳이라는 사실을 깨달아야만 한다.

속도를 다투는 사회에서는 시간이 가속된다. 이런 사회에서 매 순간 경쟁을 해야 하는 각 개인에게는 어떤 일이 일어날까? 나와 여러분이 속도를 다툰다고 해보자. 내가 스피드를 높인다. 즉, 같은 거리를 더 짧은 시간에 달리려고 한다. 그러면 여러분도 뒤지지 않기 위해 스피드를 높여서 나를 추월하려고 한다. 여러분은 같은 거리를 내가 줄인 것보다 더 짧은 시간에 달려가려 할 것이다. 그 때문에 나와 여러분이 벌이는 스피드 경쟁은 사실 시간을 줄이는 경쟁이라고 할 수 있다. 이렇게 말할 수도 있다. 나라는 경쟁 상대가 있기 때문에 여러분은 시간을 절약하여야 한다. 당연히 나도 여러분 때문에 시간을 줄여야만 한다. 좀 짓궂게 말하면, 나는 여러분에게, 그리고 여러분은 나에게서 시간을 빼앗는 것이다. 우리 인간은 자연계에서 자연시간을 빼앗았을 뿐만 아니라 이렇게 인간들끼리 서로에게 시간을 도둑질하는 것이다.

여기서 이번 장에서 이야기했던 것을 한번 돌아보자. 우선 사랑, 즉 서로 더할 나위 없이 소중한 존재로 생각하는 인간관계가 이루어지기 위해서는 시간이 필요하다는 것을 이야기했다. 그래서 지금까지 효율, 돈, 경쟁이라는 우리 사회의 세 가지 키워드에 대해 살펴보면서 이들이 만들어낸 현대판 '시간 이야기'에 대해 생각해보았다. 그런 이야기들을 통해 나와 여러분, 그리고 많은 사람이 느끼는 '살기 어려움'의 정체를 보여주었다고 생각한다.

왜 살기 어려울까? 인간이 인간답게 사는 게 어려워졌기 때문이라고 나는 말하고 싶다. 인간답게 산다는 것은, 서로의 존재를 인정하고 받아들이며, 함께 나누고, 서로 도와가며, 서로 사랑하며 살아가는 것이다. 그렇게 하기 위해서는 인간관계에 충분한 시간을 쓰는 것이 필요하다. 하지만 그런 데 시간을 쓰는 사람은 점점 줄어들고 있다. 그래서 서로 인정하고 받아들이며, 함께 나누고, 서로 돕기 어렵다. 사랑은 위험하다. 마음을 놓을 시간, 즐거운 시간, 유쾌한 시간, 온화한 시간, 마음이 쉴 시간, 로맨틱한 시간. 자신이 즐기는 것 외에 특별히 이렇다 할 의미도 목적도 없이 보내는 이런 '쓸데없는' 시간은 점점 줄어들고, 자신의 손안에서 사라져 간다. 그러면서 사람들은 "시간이 없다!"고 절규한다. 그렇다, 인간이 인간답게 살아가기 위한 시간이 이제는 남아 있지 않다.

이제 여러분은 시간이 어디로 사라졌는지 알고 있을 것이다. 그리고 시간도둑의 정체 또한 알게 되었을 것이다. 이번 장을 마치면서 여러분에게 다시 한번 확인해두고 싶다. 우리 인생에는 줄일 수도 없고, 줄여서도 안 되는 시간이 있다는 것이다. 그 시간을 지키기 위해 사람들에게 미련하다는 소리를 듣거나, 느리고 바보가 되더라도 그것을 두려워하지 말자. 사랑은 천천히. 천천히 하는 것이 좋다.

서두르지 않아도 괜찮단다
씨앗을 뿌리는 사람이 걷는 속도로
걸어서 가면 된단다
　　　　—기시다 에리코 '남쪽의 그림책' 중에서

제2부
시간의 나라로 돌아가자
– 슬로 라이프의 열쇠

제1장

나무늘보 되기

나무늘보가 하늘을 떠받치고 있다.
— 브라질 원주민의 전언

세 발가락 나무늘보

슬로 라이프를 즐기려면 게으름뱅이가 되면 된다. 주위에서 언제나 "서둘러" "빨리" "꾸물대지 마" "분발해", 그리고 "게으름을 피워선 안 돼" 같은 소리를 들으며 자라난 여러분이 별안간 '게으름뱅이가 되어라'는 이야기를 들으면 곤란해할지도 모르겠다.

그래서 이번 장에서는 나 자신의 경험을 통해 '게으름뱅이'가 되는 것이 어떤 것인가를 이야기해보려고 한다. 여러분은 내가 게으름뱅이 대선생이라고 생각할지도 모르지만, 사실대로 말하면 아직은 온전한 게으름뱅이라고는 할 수 없는 상태다. 온전한 게으름뱅이가 되기 위해 게으르지 않게 수업을 받는 제자라고나 할까. 하지만 나의 선생인 진짜 게으름뱅이를 여러분에게 소개하고 싶다.

남미 대륙의 에콰도르에서 숲을 지키기 위해 활동하는 사람들이 있다. 이들을 지원하는 활동에 참가한 나와 친구들은 그들이 지키는 숲에서 세 발가락 나무늘보를 처음 만났다. 그런데 이 동물은 어딘가 다른 별에서 온 것 같은 신비스러운 분위기를 띠고 있었다. 치렁치렁한 털, 기다란 팔과 다리, 앞으로 돌출된 세 개의 기다란 손톱, 1백80도 돌아가는 작은 머리, 졸린 듯한 눈, 달팽이처럼 느린 움직임. 잘 보면 얼굴에는 언제나 희미한 미소를 짓고 있다.

우리 일행이 들르는 마을마다 나무늘보가 눈에 띄었다. 가엾고 불쌍한 모습이었다. 그 지역에서는 대대적인 벌목이 이루어지고 있었는데, 그렇게 조성한 땅에는 기름을 얻기 위한 야자 농장이 들어섰다. 다른 숲으로 이주할 수 있는 새나 동물도 있었지만 숲에 사는 동물 대부분은 갈 곳을 잃어버리고 말았다. 나무늘보도 그랬다. 벌목을 하는 사람들 중에는 나무늘보를 붙잡아 마을에 가지고 와서 육식용으로 파는 사람도 있었다. 나무늘보는 말라깽이여서 먹을 게 많다고 할 수 없는 데도 그런 일들이 빈번하게 일어났다. 게다가 도망치지 못하도록 꽁꽁 묶거나 손톱을 잡아 빼기도 했고, 심지어는 손발의 뼈를 부러뜨리기까지 했다. 아무런 해도 끼치지 않는 온순한 동물을 붙잡아다 이처럼 잔혹하게 다룰 수 있을까. 그렇게 비참한 취급을 당해도 얼굴에는 마치 부처님 같은 미소를 잃지 않는 나무늘보를, 내 친구인 환경운동가 안야 라이트는 "숲의 보살님"이라고 불렀다. 우리는 마을을 방문할 때마다 눈에 띄는 나무늘보를 사서 숲에 다시 풀어주었다. 하지만 그렇게 사면 그만큼 수요가 있는 셈이어서 나무늘보를 붙잡아서 파는 사람도 늘어났다.

결국 우리는 이 동물이 학대를 받지 않도록 하려면 숲을 지키는 수밖에 없다는 결론에 이르렀다. 그래서 지역에서 숲을 지키기 위해 활동하는 사람들을 응원하고 '나무늘보가 사는 숲을 지키자'는 슬로건을 내걸게 되었다. 그와 동시에 완전히 나무늘보의 팬이 되어버린 나는 이 멋진 동물에 대한 조사를 시작했다.

미국의 생물학자들이 나무늘보에 대한 뛰어난 연구 성과를 냈다는 소식을 듣고 그 연구 현장이었던 파나마의 스미소니언 열대 연구소를 방문했다. 그리고 세계에서 단 하나뿐인 나무늘보 구호센터가 있다는 이야기에 코스타리카 카리브 해 연안에 있는 아비아리오스Aviarios 자연보호구역을 방문하기도 했다. 그리고 나는 1999년 여름 안야 라이트를 비롯한 여러 친구와 함께 '나무늘보 친구들'이라는 NGO를 만들기에 이르렀다. 여러분은 호랑이를 멸종 위기에서 지키거나 코끼리를 보호하는 동물보호단체의 활동에 대해 들어본 적이 있을 것이다. 하지만 우리들 '나무늘보 친구들'은

동물보호단체가 아니다. 처음에는 가엾은 나무늘보를 지키고 싶다
고 생각한 것은 사실이지만, 언젠가부터 우리는 '나무늘보처럼 되
고 싶다' 는 생각을 하게 되었기 때문이다.

나무늘보의 지혜

세 발가락 나무늘보는 중남미의 열대 숲에서 사는 포유동물이다. 아메리카 대륙으로 이주한 유럽인들은 움직임이 느리다는 이유만으로, 또 바보 같다고 해서 이 동물에게 '나무늘보'라는 이름을 붙여주었다. 그래서 언제나 '아둔한' '굼뜸이' '저능아' 같은 말로 부르며 이 동물을 조소와 경멸의 대상으로 삼았다. 하지만 지난 30년 동안 동물학자들이 조사한 바로는, 나무늘보는 실로 대단한 동물이라는 사실이 밝혀졌다.

우선 나무늘보의 움직임이 느린 것은 근육량이 적기 때문인데, 그것은 될 수 있으면 에너지를 사용하지 않고 나뭇잎만 먹고 살아가기 위한 지혜라고 한다. 근육량이 적으면 적을수록 몸이 가벼워서 높은 나무 위에서 얇은 나뭇가지에 매달릴 수 있어 그만큼 적으로부터의 위협도 줄어든다. 재미있는 것은, 나무늘보는 7, 8일에 한 번씩 주변에 위험이 있는지 살피고 나무 아래로 내려가서 땅에 얕은 구덩이를 파고 배설을 한다. 땅에 내려갈 때 만약 천적의 눈에 띄면 이처럼 움직임이 느린 동물은 곧바로 먹잇감이 되어버리고 만다. 그런데 왜 이런 위험한 행동을 하는 것일까? 어떤 생물학자의 연구를 따르면, 나무늘보가 이처럼 위험한 행동을 하는 것은 자신에게 먹을 것을 준 나무의 뿌리에 배설함으로써 자신이 받았던 영양분을 될 수 있으면 같은 나무에 되돌려주기 위함이라고 한다. 즉, 자신을 길러준 나무를 거꾸로 지원하며 기른다는 것이다. 흔히 말하는 '환경에 맞는 순환형의 삶'이란 바로 이런 것이 아닐까. 게으르긴 하지만 결코 바보는 아니다.

여러분은 '약육강식'이라는 말을 들어보았을 것이다. 이 말은 우리 인간이 야생동물들이 사는 세계에 대해 가져왔던 이미지로서, 약한 것이 강한 것의 먹잇감으로 잡아먹힌다는 의미다. 이 같은 이미지는 지나치게 단순해서 실제 동물세계에서 벌어지는 일들과는 상당히 다르다. 하지만 우리 인간은 단순한 이야기를 선호한다. 세상이 정말로 강한 것이 이기고, 큰 것이 이기고, 빠른 것이 이긴다면 우리 역시 이기는 쪽에 매력을 느낄 것이다. 강하고, 크고, 빠른 동물들일수록 멋지다고 생각한다. 그래서 사자는 '백수의 왕'으로 불린다. 같은 포유류지만 나무늘보는 인간들에게 인기가 없다.

이 같은 동물세계의 '약육강식' 이미지는 우리가 살아가는 인간사회에서도 그대로 적용된다. 예를 들면, 어른들은 "이 약육강식의 세상에서는 나약하면 살아갈 수 없어" 하고 아이들을 질책하거나 다그친다. 그리고 특히 경제의 세계에서는 '더 빨리, 더 크게, 더 강하게'를 슬로건으로 내걸고 격렬하게 경쟁을 벌이고 있다. 경쟁의 무서움에 대해 이미 앞장에서 언급한 바 있다. 거기에서도 말했지만 나는 경쟁이 필요 없다고 말하려는 게 아니다. '경쟁밖에 없다'고 믿어버리는 사고방식이 두렵고 싫다는 것이다. 인생을 약육강식이라는 단순한 이미지로 보는 것은 대단히 위험하다고 이야기하고 싶은 것이다.

동물세계라 할지라도 나무늘보 같은 동물들이 있다. 나무늘보는 맹수들이 우글대는 정글 속에서도 나무 높은 곳에서 한가로운 삶을 꾸려가고 있지 않은가. 강하고, 크고, 빠른 것을 다투지도 않고, 독을 갖지도 않고, 날카로운 이빨도 갖지 않으면서도 철저하게 저에너지로, 순환형의 삶을 살며, 서로 도우면서 평화의 라이프스타일을 확실하게 실현하고 있다. 이런 나무늘보의 삶의 방식을 알면

알수록 우리는 '나무늘보를 구한다'고 생각해왔던 자신을 무척이나 부끄럽게 여기게 되었다. 오히려 나무늘보 같은 삶의 방식이 진정으로 우리 인간을 구해주는 것이 아닐까 하는 생각마저 들었다. 21세기에 우리 인류가 살아남기 위해 무엇보다 필요한 것은 바로 '나무늘보가 되는 것'이 아닐까?

나무늘보는 평화

Call Me Sloth(나무늘보라고 불러주세요)

더 갖고 싶고 더 사고 싶다고 말하지 않는 나

모두가 예쁘다고 하지 않아도 태연하고

일등이 아니어도 좋고

싫은 일을 당해도 화내지 않는 나

그런 나를 '게으름뱅이'라고 불러도 괜찮아요

나는 천천히 나만의 속도로 살아가지요

그러면 틀림없이 잘 될 거예요……

〈앤야 작곡 '나무늘보 친구들'의 테마송〉

뭔가 해야 할 일을 하지 않는 사람을 우리는 '게으름뱅이'라고 부른다. 우리 사회에서는 특히 열심히 공부하지 않거나 부지런히 일해서 돈을 벌지 않는 사람을 그렇게 부른다. 공부를 열심히 하지 않으면 좋은 학교에 들어가지 못하고 좋은 회사에 취직할 수 없다. 좋은 회사에서 일하지 않으면 월급을 많이 받을 수 없다. 또 부지런히 일하지 않으면 돈을 벌지 못해 출세할 수도 없다. 출세해서 더 많은 월급을 받거나 비즈니스 경쟁에서 이겨 많은 돈을 벌지 못하면 행복해질 수 없다. 왜냐하면 인간을 행복하게 해주는 것은 돈으로밖에 살 수 없으니까. 집이나 땅, 자동차, 가전제품, 옷, 외국 여행, 그 외 여러 가지 물건…….

친구들과 교제를 하거나 결혼을 하거나, 또 아이들을 기를 때 모두 돈이 들기 마련이다. 그것도 아주 많이 든다. 때문에 자신에게 주어진 시간을 점점 더 많이 써서 공부하고 일에 매달린다. 그렇게 돈을 벌어 그 돈으로 부지런히 쇼핑을 하면서 행복을 손에 넣는다. 우리 사회의 많은 사람은 인생이란 그런 길로 가야 한다고 생각해 왔다. 그래서 현재 많은 사람이 그런 길을 걷고 있다. 그렇다면 게으름뱅이는 어떤 사람들일까? 바로 그런 인생의 길에서 벗어난 사람들이다. 즉, 가능한 한 쓸데없는 시간을 줄여서 부지런히 공부하고, 일하고, 쇼핑하는, 그래서 행복해지기를 바라는 사람이라면 누구나 해야 하는 일을 무슨 배짱인지 제대로 하지 않는 사람들을 가리킨다. 날짱거리는 사람, 어슬렁대는 사람, 꾸물대는 사람, 무사태평한 사람, 세상사에 초연한 사람, 한가한 사람 말이다.

혹시 《모모》 속에 나오는 이야기를 기억하고 있는지 모르겠다. 게으름뱅이는 예컨대 그 이야기 속에 나오는 '회색신사들'의 꼬드김에 속아 넘어가지 않는 사람, 즉 시간을 절약해서 돈 되는 일만 하겠다는 생각을 애당초 하지 않는 사람이다.

조금 더 이야기하면, 게으름뱅이는 시간을 둘러싸고 벌어지는 경쟁에서 게으르다. 시간도둑의 친구가 되는 것에도 게으르다. 시간을 서로 차지하려는 싸움에서도 게으르다. 시간을 돈으로 바꾸는 것에도 게으르다. 대량생산, 대량소비, 대량폐기에도 게으르다. 환경파괴에도 게으르다.

코스타리카에 있는 '나무늘보 구호센터'를 처음 방문했을 때부터 나는 센터의 운영자인 아로요 부부와 좋은 친구가 되었다. 이들 부부는 주변 지역 일대의 자연보호구역을 자신들의 힘으로 지키고 있었다. 이들은 코스타리카는 에콰도르만큼은 아니지만 나무늘보가 점점 더 살기 어려운 환경이 되고 있다고 말했다. 삼림이 농지로 변하면서 도로나 전선이 늘어나고, 그로 말미암아 자동차 사고나 감전사고를 당하는 나무늘보가 끊이지 않았다고 한다. 그래서 지역 사람들은 동물을 좋아한다고 알려진 아로요 부부의 집에 상처를 입거나 고아가 된 어린 나무늘보를 데려다 주기 시작했다. 그렇게 해서 이들의 집은 자연스럽게 구호센터가 되었다. 상처를 치료하고, 고아에게는 염소 젖을 주면서 길러 때가 되면 다시 숲으로 돌려보내는 것을 목표로 했다. 하지만 장애가 남아서 쉽사리 야생으로 돌아갈 수 없는 나무늘보도 있어 아로요 부부와 가족이 되어 함께 살기도 했다. 나는 그런 나무늘보 가운데 한 마리인 수컷 사니의 의붓아버지가 되었다. 나도 지금은 어엿한 진짜 나무늘보의 아버지다. 그래서 적어도 아들 사니에게 비웃음을 사지 않도록 확실하게 나무늘보가 되어야만 한다.

나는 많은 나무늘보와 함께 살아온 주디 아로요 부인에게 우리 인간이 나무늘보에게 배울 것이 무엇인지 물어보았다. 그녀는 이렇게 대답했다.

"필요한 것 이상은 하지 말라는 것입니다. 그들은 싸우지 않습니다. 필요 이상의 것을 요구하지 않는다면 누구와도 좋은 친구가 될 수 있지요. 한마디로 말하면, 우리는 나무늘보에게 평화를 배워야 합니다."

그러고 보니 코스타리카라는 나라는 일본과 더불어 '더는 전쟁을 하지 않겠다'고 선언한 보기 드문 나라라는 사실이 떠올랐다.

코스타리카에 사는 내 아들 사니

그런 사실을 말해주자 주디 부인은 "아, 그런가요?" 하면서 고개
를 끄덕였다. 그러고는 이렇게 덧붙였다.

"브라질 원주민은 나무늘보를 '하늘을 떠받친 동물'이라고 부르지
요. 나뭇가지에 매달려 있는 그들의 모습을 보면 저 역시도 하늘이
무너지지 않도록 떠받친 것 같다는 생각이 듭니다."

지금도 많은 나무늘보가 중남미의 숲에서 하늘을 떠받치고 있다.

제2장

먹보 선언

슬로푸드 식탁은 부모와 자식을 이어주고,
연인들을 이어주고, 도시와 농촌, 어촌, 산촌을 이어주고,
남반부와 북반구를 이어주고, 인간과 자연을 이어준다.
— 시마무라 나쓰, 《슬로푸드의 일본!》에서

먹을거리는 살아 있는 생명체다!

나는 먹는 것을 아주 좋아한다. 그래서 때로 나는 먹기 위해 살고 있다고 생각한다. 물론 입으로 들어가는 건 뭐든 좋다고 생각하는 건 아니다. 언제나 맛있는 걸 먹고 싶다. 그래서 뭐든 먹기 위해서가 아니라 맛있는 걸 먹기 위해 살아왔다는 생각조차 든다. 그러면 맛있는 건 도대체 어떤 것일까? 먹보인 내 경우지만, 맛이라는 건 단순히 혀로만 느끼는 게 아니라고 생각한다. 어디서 왔고, 어떤 방식으로 길렀으며, 어떤 재료로 만들었으며, 누가 어떤 방식으로 요리했는지, 누가, 언제, 어디서 먹는지, 이런 것들이 모두 '맛' 속에 들어 있다고 생각한다.

혹시 여러분 중에 먹보가 있다면 정말 반갑다. 사실 먹보야말로 멋진 미래 세계를 만들어가는 존재라고 나는 굳게 믿고 있다. 먹보 동지들이여! 우리 다 함께 이 '맛'에 대해 한번 생각해보자.

먹을거리를 생각할 때는 '먹을거리는 생명체', 즉 살아 있는 것이라는 사실을 먼저 알아야 한다. 여러분은 그건 당연한 거 아니냐고 할지도 모르겠다. 하지만 그렇게 당연한 것도 다시 한번 짚어보면 좋을 것 같다. 그런 게 정말 의미 있는 일이 아닐까. 우리는 매일 생명체를 먹음으로써 살아가고 있다! 생명체의 생명을 입속에 넣으면서 자신의 생명을 기르고 유지하고 지킨다! 우리가 "맛있다!"고 할 때 그 '맛'은 바로 '생명의 맛'인 것이다.

'먹을거리는 생명체'이기 때문에 우리는 모두 재료가 신선한 먹을거리가 맛있다고 이야기한다. 미생물의 작용에 통해 오랜 시간에 걸쳐 만들어진 발효식품(된장, 간장, 견과류, 치즈, 요구르트 등)은 맛이 있다. 제철 음식 역시 모두가 맛있다고 생각한다. 실제로 그렇다. 제철이라는 것은 먹을거리가 생명력이 가장 왕성한 계절이기 때문이다. 유기 무농약 야채는 맛있다. 화학적으로 합성해서 만든 비료나 농약을 쓰지 않고 자연계의 생명력만으로 기른 야채이기 때문이다.

생명체가 활기차게 살아가려면 좋은 물과 좋은 공기, 좋은 흙과 태양의 에너지, 그리고 다양한 생물 커뮤니티가 필요하다. 다시 말해 우리에게 맛있는 먹을거리는 풍요로운 자연환경에서 왔다는 것이다. 맛있는 것을 먹고 싶다면 그것을 낳은 환경의 풍요로움을 지켜야만 한다. 이런 사실만큼은 반드시 알아주었으면 좋겠다. 사실 내가 환경운동을 하는 가장 큰 이유 중 하나는 맛있는 것을 먹고 싶기 때문이다! 먹보인 여러분도 반드시 나와 함께 해주었으면 좋겠다. 여러분만이 아니라 여러분의 자식들이나 그 자식의 자식들도 맛있는 먹을거리를 먹는 기쁨을 계속 맛볼 수 있도록 말이다.

또 하나. 패스트푸드(말 그대로 '빨리 먹는 것')의 유행으로 대표되는 최근 식생활의 대변화는 전 세계적으로 환경파괴와 건강피해의 큰 원인이 되고 있다. 하지만 그것은 거꾸로 말하면, 식생활을 잘하면 자신의 건강도 지키고, 환경파괴도 막을 수 있다는 이야기가 된다. 맛있고 안전한 유기 무농약 식품을 선택하고, 될 수 있으면 자기 나라의, 가능하면 자신이 사는 지역에서 생산된 제철의 신선한 음식재료를 오랜 전통을 가진 조리법으로 맛있게 요리해 먹는다. 이렇게 하는 것이 여러분의 건강을 위해서도 지구환경을 위해서도 좋다. 이것이야말로 정말 '맛있는 이야기'가 아닌가.

슬로푸드

여러분은 '슬로푸드'라는 말을 들어본 적이 있을 것이다. 페스트푸드의 유행으로 잃어버린 맛있는 먹을거리를 지키기 위해 이탈리아 북부의 작은 마을에 사는 최고의 먹보 아저씨들이 시작한 운동이다. 지금은 전 세계로 확산해 약 8백만 명이 이 운동에 참가하고 있다고 한다. 물론 나도 이 운동에 동참하고 있다. 사실 먹을거리를 빼면 인생도 없는 것처럼 슬로푸드를 빼면 슬로라이프도 없다고 생각하기 때문이다.

여러분 중에 혹시 슬로푸드가 조금 이상한 말이라고 생각하는 사람이 있을지도 모르겠다. '느린 먹을거리'라니, 말이 잘 안 된다고 생각할 수도 있겠다. 하지만 그런 의문은, '먹을거리는 생명체'

라는 사실에서부터 천천히 생각해보면 어렵지 않게 그 대답을 찾을 수 있을 것이다.

제1부에서 본 것처럼, 생명체는 각기 자신만이 가진 고유한 '생명체의 시간'이 있다. 당근에 당근의 시간이, 닭에게는 닭만의 시간이 있다. 어떤 생명체든 각기 독자적인 시간을 자신만의 속도대로 살아간다. 생명체인 동식물은 성장하고, 다음 세대를 남기기 위해 번식활동을 하고, 늙고, 죽어간다. 도중에 다른 생명체에게 잡아먹히는 것도 있고, 죽어서 영양분이 되어 다른 생명체의 성장을 돕는 것도 있다. 개개의 생명체가 가진 시간이 마치 사슬처럼 길게 연결되어 종種 전체의 시간을 형성하는 것이다.

오랜 역사 속에서 인간은 이 같은 다양한 종이 지닌 생명체의 시간을 배워 그 속도에 맞게 자신들의 삶의 속도를 맞춰가며 살아왔다. 나무 열매나 풀뿌리를 먹을거리로 삼았던 인간들은 그 나무와 풀이 살아가는 속도를 잘 파악해서 그에 맞는 생활을 해야 했고, 동물이나 물고기의 고기를 먹는 인간들은 사냥감의 생활 리듬을 꼼꼼하게 기억해둘 필요가 있었다. 욕심을 부려서 단번에 많이 채취하거나 잡아버리면 그다음 세대를 낳고 길러가는 동식물의 속도를 따를 수 없어 결국에는 자신들의 먹을거리도 사라지는 결과를 가져오게 된다. 바꾸어 말하면, 자신이 생존하기 위해서는 서두르거나 조급하게 굴지 말고 상대의 시간에 맞추어 자신의 속도를 조절하는 것이 무엇보다 필요하다는 것이다.

　농업이나 목축, 양식을 하는 사람들은 상대하는 생명체의 시간에 자신들의 삶을 맞추는 것만이 아니라 거기서 한 걸음 더 나아가 상대를 자신들의 삶의 속도 안으로 끌어들임으로써 먹을거리를 보다 확실하게 수중에 넣으려고 한다. 쌀이나 보리는 인간이 경작한 논과 밭이라는, 야생식물 때와는 다소 다른 시간과 공간 속에서 자라며 많은 결실을 냄으로써 인간이 1년 동안 먹을 수 있는 주식이 되었다. 그리고 소나 돼지, 닭 같은 동물은 인간이 만든 농장이나 목장에서 야생동물과는 상당히 다른 삶의 방식 – 자신이 구하지 않더라도 먹이를 주는 것이 훨씬 더 빠른 – 으로 자신들만의 독특한 시간을 살게 되었지만 결국에는 인간의 먹을거리가 되었다.

　지금 지구에서 사는 약 60억의 사람들이 먹는 먹을거리 대부분은 농업이나 목축, 양식을 통해 얻은 것이다. 오랜 옛날에는 모든 인간이 생존을 위해 했던 수렵이나 채집, 어로 야생 동식물이나 천연 어패류를 채취하는 활동 -활동은 이제 점점 줄어들고 있다. 그 이유는 인간이 동식물이 살아왔던 곳으로 밀고 들어감으로써 그런 장소가 점차 사라졌기 때문이기도 하며, 또 많은 동식물을 빠른 속도로 자신들의 소유물로 만들어버렸기 때문이기도 하다. 그렇다면 인간의 시간과 동식물의 시간이 서로 맞아야만 가능했던 농업이나 목축, 양식은 어떻게 바뀌었을까? 생명체를 상대로 하는 이런 일들을 우리는 제1차 산업이라고 부른다. 과거 사람들보다 최근에 제1차 산업에 종사하는 사람들은 점점 더 조급해져서 생명체들이 살아가는 시간의 느린 속도를 더는 기다려주지 않게 되었다.

제1차 산업에 종사하는 사람들을 생산자라고 한다. 먹을거리를 '만들어내는' 사람이라는 뜻이다. 하지만 먹을거리는 생명체이기 때문에, 그런 생명체를 인간이 '만들어낸다'는 말은 논리적으로 맞지 않는 이야기라고 할 수 있다. 신도 아닌 인간이 생명이 있는 것을 '생산'할 수는 없는 노릇이 아닌가. 내가 존경하는 음식 연구가인 유키 도미오 씨를 따르면, 농민은 '생산자'가 아니라 '기다리는 사람'이라고 한다. 잘 기다리는 농민은 어느 한 쪽의 사정만 일방적으로 강요하지 않으면서 작물의 사정도 맞출 수 있다. '어디선가 배추가 생겼다면 벼락김치를 담가보자. 양배추가 생겼다면 양배추 말이를 해보자.' 농업은 그런 식으로 작물이 살아가는 시간을 소중하게 여기면서 인간의 시간과 작물의 시간이 가진 차이를 조화롭게 맞추는 일이라고 유키 씨는 생각한다.

제1부 제3장에서 나는 콩나물시루처럼 좁디좁은 곳에 갇혀 사는 닭이나, 보통의 것보다 몇 배나 빠른 속도로 자라도록 만들어진 연어와 양상추에 대한 이야기를 한 바 있다. 이 같은 사실들은 우리 인간이 얼마나 생명체들의 시간을 소중하게 여기지 않는가를 여실히 보여준다. 아니, 그 정도만이 아닐지도 모른다. 우리는 이미 '먹을거리는 생명체'라는 지극히 당연한 사실조차도 망각하고 있지 않은가.

고마운 먹을거리

생명체로 취급받지 못하는 생명체는 불행할 수밖에 없다. 그건 인간이 인간답게 대접받지 못하는 것과 비슷하다. 동물이나 식물에 행복이나 불행은 없다고 생각하는 사람도 있지만 내 생각은 다르다. 나는 《파브르 곤충기》로 유명한 곤충학자 파브르1823~1915의, 어떤 생명체에도 '삶의 기쁨'이 있다는 생각에 찬성한다. 그는 벌레들이 우는 이유를 밝혀내기 위해 여러 조사를 한 끝에 다음과 같은 결론에 도달했다고 한다.

나는 베짱이의 바이올린도, 청개구리의 피리 소리도, 깡깡이 매미의 심벌즈도 이 지구의 모든 동물이 각각 자기 나름대로 삶의 기

뺨을 구가하는 음악이라고 생각한다.(《파브르 곤충기》)

삶의 기쁨을 빼앗긴 생명체들의 열매와 고기, 알이 매일 우리들의 식탁에 오르고 있다. 그래서 나는 이처럼 불행한 생명을 먹을거리로 삼는 우리들의 생명은 과연 행복해질 수 있을까 하는 의심을 하지 않을 수 없다. 나는 우리들의 '삶의 기쁨' 역시, 자신이 먹을거리로 삼는 생명체들을 진정으로 생명체답게 대하는가에 달렸다고 생각한다.

이제까지 슬로푸드라는 말의 의미에 대해 생각했던 것들을 한번 정리해보자. 슬로푸드는 단순히 천천히 먹자는 이야기가 아니다. 물론 그런 것도 중요하지만, 무엇보다 중요한 것은 '먹을거리는 생명체'라는 사실을 상기하면서 그 생명체의 환경을 둘러싼 느린 시간을 존중하는 것이다. 즉, 먹을거리를 양식하고 재배하는 사람도, 파는 사람도, 먹는 사람도 모두 '잘 기다리는' 사람이 되어야 한다는 것이다.

우리 식탁에는 많은 시간이 섞여 있다. 흙 속의 무수한 미생물이 식물을 기르는 시간, 계절마다 바람과 비와 벌레, 비가 내려 땅에 스며든 수분을 식물의 뿌리가 빨아들이는 시간, 식물의 성장을 지켜보며 슬며시 거드는 농민들의 시간, 조리를 하고 그 음식을 먹음

직스럽게 담는 시간. 식탁 위에는 이런 모든 시간이 겹겹이 쌓여 있다. 그렇게 해서 가족이나 친구들은 식탁에 둘러앉아 함께 이야기를 나누거나 웃으며 느린 시간의 흐름을 즐기는 것이다. 또 불단 佛壇이나 제사에 바치는 먹을거리를 통해 지금의 우리는 이미 이 세상에 존재하지 않는 사람들의 시간과도 연결된다.

그런 생각들을 하면 식탁은 정말 대단한 장소가 아닐 수 없다. 여러분은 식탁 앞에서 지그시 눈을 감고 뭔가를 향해 기도하듯이 "잘 먹겠습니다"라고 말한다. 그렇게 말하지 않으면 뭔가 빠진 것 같은 이상한 느낌이 들지 않는가. 그도 그럴 것이 우리는 정말로 많은 생명 덕분에 이렇게 살아가고 있다. 정말 고마운 일이다. 그런 고마움이야말로 먹을거리가 지닌 맛의 최대 비밀이 아닐까.

제3장

재미있는 뺄셈

아무것도 아니어서 즐겁다
살아 있는 것이 좋다
— 다니카와시 준타로, 「아무것도 아니다」에서

덧셈 사회

　나는 경제성장을 목표로 하는 우리 사회는 '덧셈사회'라고 생각한다. 사람들이 덧셈만 하는 동안 뺄셈이 무엇인지는 완전히 잊어버렸다. 마치 모두가 '덧셈'이라는 종교의 신자처럼 되어버린 것 같다. 학교에서는 '더 빨리, 더 많이' 문제를 푸는 것이, 비즈니스 세계에서는 '더 빨리, 더 많이' 물건을 만들어 파는 것이 무엇보다 좋은 일이라고 믿으며 모두가 '좀더 좀더'라는 말을 마치 주문呪文처럼 외치고 있다.

　여기서 잠깐 영어 공부를 해보자. '덧셈교'는 영어로 하면 '모어교'라고 할 수 있다. more는 '많은' 혹은 '다량의'를 의미하는 many와 much의 비교급으로, '좀더'나 '보다 많이'라는 의미다.

이 모어교에서는 more=more라는 등식을 교리처럼 믿고 있다. 즉, '더 많은 것은 더 많은 것'이다. 예를 들면, 돈이 많으면 많은 만큼 사람은 보다 (많이) 행복하다든가, 상품이 많으면 많은 만큼 사회의 풍요는 증가한다고 믿는다.

이 more=more라는 사고방식의 좋은 예가 GNP국민총생산나 GDP 국내총생산 같은 척도들이다. GNP나 GDP의 증감에 따라 신문이나 방송 같은 곳에서 호들갑 떠는 모습을 여러분도 많이 보았을 것이다. 지난 수십 년 동안 일본 사회는 GNP와 GDP의 증가가 무엇보다 중요한 일이라고 생각해왔다. GNP와 GDP는, 한 국가에서 생산되는 물건P는 프로덕트, 즉 상품으로서의 물건과 그것을 사고파는 데 사용된 돈의 총량을 재는 척도다. 모어교 신자들은 이 총량의 크기에 따라 사회의 풍요나 인간의 행복을 잴 수 있다고 굳게 믿고 있다. 예를 들면, GNP 규모가 세계 1위인 미국과 그다음인 일본이 세계에서 가장 풍요롭고 행복한 나라라고 믿는 것이다. 하지만 상품이나 돈의 총량이 큰 만큼 풍요롭고 행복하다는 more=more 식의 사고방식은 지나치게 단순하다고 하지 않을 수 없다.

경제학자 중에도 GNP나 GDP 같은 척도의 문제점을 지적하는 사람들이 적지 않다. 우선 첫 번째 문제는, '사용된 돈'이 많으면 많을수록 좋다고 하지만 그 돈의 용도가 어디에 있든 개의치 않는다는 것이다. 즉, 돈을 좋은 데 쓰든 나쁜 데 쓰든 모두 GNP를 증가시키는 것으로 같은 가치를 지닌다는 것이다. 범죄나 사고, 재해, 질병, 이혼 등을 위해 쓰는 막대한 돈 역시 경제성장의 일부로 간주한다. 예를 들면, 바다에서 유조선이 좌초해 기름이 대량으로 유출되는 사고가 일어날 경우, 그 피해 규모가 크면 클수록 GNP는 증가하게 된다. 벌채로 원시림이 사라질 때마다, 누군가 암 선고를 받을 때마다 GNP는 증가한다.

즉, 풍요를 재는 GNP라는 척도 속에는 사회에 해악이 되는 것도, 자연에 해악이 되는 것도 모두 한데 뒤섞여 있다. '경제성장은 전쟁이든 환경파괴든 상관하지 않는다' 는 천박하기 짝이 없는 사고방식이 여기에도 얼굴을 내비치는 것이다.

부탄의 행복

히말라야 산맥에 부탄이라는 작은 나라가 있다. 이 나라의 왕은 현대 사회에서 신앙처럼 떠받드는 more=more라는 믿음에 의문을 느꼈다. 그래서 그는 "우리나라에서는 GNP보다 GNH가 중요하다"고 했다고 한다(1998년 지그메 싱기에 왕추크Sigme Singye Wangchuck 왕이 도입한 개념이다. 물질주의가 해결하지 못하는 정신적 행복을 추구한다는 이 GNH는 '행복의 네 가지 기둥', 즉 지속 가능한 경제발전, 철저한 자연보호, 전통과 문화에 대한 자긍심 증진, 좋은 국가 통치로 평가한다—역자). GNH는 그가 GNP를 빗대어서 만든 말로, GNP의 P 대신 H를 넣은 것이다. 그 H는 영어로 '행복'을 뜻하는 해피happy 또는 해피니스happiness의 H이다. 그래서 GNH를 굳이 번역하면 '국민총행복'이라고 할 수 있다. 나는 부탄의 왕이 꽤 멋진 사람이라고 생각했다. 그는 GNP나 GDP의 규모에만 목을 매단 일본이나 미국 같은 선진국 사람들에게 이렇게 이야기하고 싶었던 것이 아닐까.

"인간의 행복은 물자나 돈만으로 따질 수 없다. 지금 우리나라는 물자나 돈을 많이 갖고 있지는 않지만 선진국 사람들보다 더 행복한 사람들이 많이 있으니까 말이다."

이 GNH라는 말에 이끌려 나는 작년 봄과 가을, 두 차례 부탄에 다녀왔다. 특히 교통편이 좋지 못한 촌 동네일수록 풍요로운 자연에 둘러싸여 있으며, 사람들은 지금도 외부에서 들어온 물자에 기대지 않으면서 농업을 중심으로 한 자급 자족형 생활을 하고 있었다. 마을 사람끼리 상호부조가 활발해서 마치 한 가족처럼 늘 왕래를 하며 함께 식사를 하거나 술을 마시거나 노래를 부르며 춤을 추기도 했다. 이런 모습은 마치 정물화로 묘사한 것 같은 슬로라이프 스타일로, 사람들의 행복도는 꽤 높은 듯이 보였다. 부탄만이 아니다. 내가 방문한 적이 있는 세계 여러 지역에는 GNP라는 척도로 따지면 지극히 가난하지만 정말 부러워할 만큼 만족스럽고 행복한 삶을 보내는 사람들도 많이 있다.

부탄의 왕에게 배웠으니 우리도 다시 한번 '행복은 무엇인가?' '풍요는 무엇인가?' 하는 질문을 이렇게 바꾸어서 던져보면 어떨까? '자연환경을 파괴하거나, 세계 여러 지역에 분쟁이나 전쟁의 씨앗을 뿌리거나, 또 사람들을 소수 부자와 다수 빈곤층으로 갈라 놓아야만 얻을 수 있는 풍요와 행복이란 도대체 무엇인가?'

불행하게도 우리 사회에는 돈과 가진 게 아무리 많다 하더라도 살아가는 일이 괴롭다고 생각하는 사람이 적지 않다. 자살자의 숫자도 매년 3만 명이 넘는데, 전문가를 따르면 그 열 배 이상의 사람들이 자살미수, 즉 죽으려고 해도 차마 죽을 수 없는 사람들이라고 한다. 또 여러 문제로 집안에 틀어박혀 지내는 사람이나 등교를 거부하는 아이들도 상당히 많다. 그렇다면 마지못해 학교에 가는 아이들은 그 열 배도 넘을 것이다. 아무래도 우리들의 덧셈은 자연계나 외국 사람들에만 폐를 끼치거나 피해를 주는 것 같지는 않다. 행복을 찾는 우리 자신을 고통스럽고 불행하게 만드는 것 같다.

GNP 같은, 경제학자가 만든 척도만으로 자신이 사는 사회의 풍요나 거기에 사는 사람들의 행복도를 잴 수 있다고 믿는 것은 정말 터무니없는 일이다. 지금이라도 GNP가 늘어나면 기뻐하고, 줄어들면 우울해하는 어른들은 제쳐놓더라도 여러분만큼은 행복을 재는 자신만의 척도나 기준을 만들어보면 좋지 않을까. 부탄의 왕이 GNH이라는 새로운 말로 이야기하고 싶었던 것도 아마 그런 것이 아니었을까.

더욱 적은 것이 더욱 많은 것

그렇다면 '덧셈'의 굴레에서 벗어나는 방법은 무엇일까? 물론 그 열쇠는 '뺄셈'에 있다. 뺄셈을 잘하는 것이다. 수학에서 왜 플러스와 마이너스는 한 묶음으로 되어 있을까? 자동차에는 스피드를 높이기 위한 액셀러레이터도 있지만 스피드를 떨어뜨리기 위한 브레이크도 있다. 영어에서도 '더 많다'는 의미인 more만이 아니라 '보다 적게'라는 의미인 less라는 말이 있다는 것도 알아둘 필요가 있다.

2천 년 훨씬 이전부터 동양과 서양에서는 뛰어난 사상가들이 등장해 사람들에게 '덧셈'의 무서움을 설파하며 그 대신 less=more 식의 사고방식을 주창했다. 그대로 옮기면 '더 적은 것이 더 많은 것'이라는 뜻이다. 도대체 무슨 말일까? 이는 more=more보다 더 이상하게 들린다. 하지만 사실 이 '뺄셈의 가르침'에는 깊은 지혜가 숨어 있다.

   예를 들어 여러분이 사는 집을 한번 생각해보자. 가구나 전자제품은 물론이고 여러 가지 물건들로 가득 차 있을 것이다. 거기에서 하나씩 뺄셈을 해서 물건을 less(더 적게) 해보자. 그러면 집안 공간은 more(더 많이)가 되어 넓어진다. 또 물건을 쓰거나 그것을 손에 넣으려는 시간도 불필요해져서(less) 더 많은 시간 (more)을 가질 수 있게 된다. 이것이 less=more이다.

   이번엔 거꾸로 많은 물건을 수중에 넣으려고 하면, 보다 많은 돈이 필요하고, 그렇게 하려면 지금보다 더 열심히 일을 해야 할 것이며, 그래서 더 바빠지면 결국에는 가족이나 친구들과 보낼 시간도 '더 줄어들게' 될 것이다. 또 새로 산 물건들 때문에 집은 점점 더 좁아지고, 그래서 '더 많은' 공간이 있는 집이 있어야 하고, 그렇게 하기 위해서는 더 일을 해야 하고, 그렇게 되면 더 많은 대출을 받아서 수중에 넣은 집에서 머무는 시간은 '점점 줄어들게' 될 것이다. 이렇게 되면 more= more는커녕 more=less, 즉 '더 많은 것은 더 적은 것'이 되고 마는 것이다.

지금까지 영어로 양을 나타내는 less와 more로 이야기를 했는데, 그렇게 한 이유는 '양'만을 중시하는 우리 시대의 비정상적인 모습을 함께 생각해보기 위해서였다. 중요한 것은, 결국 '양보다 질'이다. 다시 한번 영어로 이야기하면 less=better(good의 비교급으로 '더 좋다'는 의미다), 즉 '더 적은 것이 더 좋은 결과로 이어진다'는 것이다. 이처럼 뺄셈이 가진 중요한 의미를 절대 잊지 말아야 할 것이다.

물건을 하나 사더라도 좀더 싼 것을 더 많이 사기보다는 좀더 품질이 좋은 것을 더 적게 사는 것이 건강을 위해서도, 또 자연환경을 위해서도 더 좋은 결과를 가져다준다. 예를 들면, 일본은 자연환경에 특히 큰 악영향을 주는 것으로 알려진 쇠고기나 새우(주로 중국이나 동남아 일대에서 생산해서 일본으로 수출하는 새우는 좁은 양식장에 항생 물질을 넣고 기른 것으로, 바다환경을 파괴할 뿐 아니라 사람들의 건강에도 악영향을 미치는 것으로 알려졌다 -역자)의 최대 수입국이지만 지금부터는 반드시 less=better를 염두에 두고 그 양을 줄이는 대신, 조금 가격은 비싸더라도 자연 방목 상태로 기른 국산 쇠고기나 맹그로브 숲을 파괴하지 않는 자연산 새우를 선택하는 것이 좋다. 그러면 먹는 사람의 건강에도 좋고, 생산지의 환경도 지킬 수 있어서 좋다. 그리고 편리하다는 기계에 의존하지 않으면 전기 소비량이나 환경에 대한 악영향도 줄이는 대신 그만큼 몸을 움직임으로써 자연과 친숙하게 만날 기회도 늘어나서 심신도 건강해지게 될 것이다.

'덧셈교'의 신자들인 대부분의 어른은 '뺄셈 공포증' 환자처럼 보인다. 그들은 덧셈은 진보이고, 뺄셈은 퇴보, 즉 과거로 돌아간다는 생각에 그 '뒤로 되돌아가기'를 무엇보다 두려워한다.

뺄셈의 진보

　뺄셈을 두려워하는 사람들을 위해 정치학자인 더글러스 러미스는 '뺄셈의 진보'를 알려준다. 그를 따르면, 사실 진정한 진보는 덧셈보다 뺄셈 쪽에 있다는 것이다.

　우선 제1부에서 보았듯이, 우리 현대인은 끊임없이 발명되는 새로운 테크놀로지를 생활 속으로 받아들였다. 그 결과, 우리는 전자 제품과 하이테크 기기에 점차 의존하게 되면서 이제는 그런 것이 없으면 도저히 살아갈 수 없게 되었다. 마치 기계가 임금 행세를 하고, 우리 인간은 시중을 드는 신하가 된 듯하다. 기계가 명령하는 대로 고분고분 따른 탓에 우리 인간은 결국 기계에 휘둘리는 신세가 되고 말았다.

러미스는 모두에게 이렇게 묻는다.

"모두 기계 덕분에 편리해졌다고 말한다. 하지만 정말 그렇게 되었는가?"

기계에 의존하게 된 인간은 옛날 사람들이 지니고 있던 삶을 위한 신체적 능력이나 동료끼리 협력해서 모은 지혜, 그리고 자연계에 대한 깊은 이해를 점점 잃어버리게 되었다. 이 기계가 없으면 이걸 할 수 없다, 저 기계가 없으면 저걸 할 수 없다는 식으로 되어버린 우리는, 사실 자유롭게 된 것이 아니라 오히려 자유를 잃어버리게 되었다. 그래서 러미스는 편리하다는 기계를 비롯한 여러 가지 물건들을 조금씩 줄이거나 없애는 대신 그런 것들이 없어도 거리낌 없이 살 수 있는 인간이 되면 어떻겠냐고 제안한다. 물건으로부터 자유로워지자는 것이다.

이제는 인간의 능력을 쓸모없이 만들어버린 기계를 하나씩 뺄셈하면서 거꾸로 인간의 능력을 높여주는 도구를 되찾아야만 한다. 텔레비전을 켜서 다른 사람들이 만들어준 '문화'를 보는 것이 아니라 자신들의 삶 속에서 자기 자신이 문화를 만드는 사람이 되어야한다. 물건이나 돈에 기대지 않고 자기 자신으로 살아가는 것을 즐기는 능력 ─그것이야말로 진정한 문화라고 러미스는 말한다. 나는 이 러미스의 의견에 찬성한다.

그런 문화의 풍요로움이 부탄의 왕이 말했던 GNH를 높여주는 것이다. GNP나 GDP는 감소할지 모르지만 사람들은 이전보다 더 행복해질 것이라고 나는 확신한다.

선진국의 현대인이라면 그 누구든 뺄셈을 연습해보면 좋지 않을까. 우선 정치가나 경제학자에게 뺄셈을 배우라고 하자. 그렇게 하면, 지구온난화의 원인이 되는 이산화탄소를 뺄셈하는 것, 즉 줄일 수 있다. 자연환경을 파괴하는 댐 공사 같은 공공사업도 줄일 수 있다. 자연 에너지를 늘림으로써 위험한 원자력 발전소도 줄일 수 있다. 그리고 경제경쟁이 불러일으킨 전쟁 또한 줄일 수 있을 것이다. 그것을 위해서도 나는 그와 같은 뺄셈의 교과서이기도 한 일본 헌법 제9조(일본의 군사력 보유 금지와 국가 교전권 불인정이 주요 내용이다. 일본의 우파세력은 지속적으로 헌법 개정을 통해 이 9조의 폐지를 주장해왔으며, 최근에는 그런 움직임이 더욱 노골화하고 있다. -역 자)를 무엇보다 중요하게 여겨야 한다고 생각한다.

ZOONY

 . . . .

우리의 생활 터전에서 뺄셈은 느리면서도 간소한 멋진 생활방식을 의미한다. 이러한 우리들의 새로운 라이프스타일의 슬로건이 바로 ZOONY즈니다. 혹시 여러분 중에 이 ZOONY라는 말을 아는 사람이 있는지 모르겠다. 아마 거의 없을 것이다. 왜냐하면, 내가 만든 말이기 때문이다. 이 말은 '낭비를 하지 않고ゎずに'라고 할 때 마지막에 나오는 '즈니ずに'에서 온 것이다(일본어 'ずに'는 '…하지 않고'의 의미다 -역자). 예를 들면, '자동판매기를 쓰지 않고 물통을 가지고 다닌다' '나무젓가락을 쓰지 않고 내 젓가락을 가지고 다닌다' '전기를 켜지 않고 촛불을 켠다' 같이 쓰인다. 여기에서 물통이나 내 젓가락, 초는 나의 '즈니 물건'이다. 즉, 내 삶을 단순하고 느리며,

자연친화적으로 만들어주는 뺄셈의 도구이다.

　나에게는 작은 꿈이 하나 있다. 멋진 즈니 물건들을 가능한 한 많이 모아서 가게를 여는 것이다. 그 가게의 이름은 '즈니랜드'다. 디즈니랜드가 모든 것이 갖추어진 덧셈으로 유명한 곳이라면, 내가 꿈꾸는 즈니랜드는 많은 것이 없어도 문제를 해결할 수 있는 뺄셈이 자랑인 곳이다.

　여러분도 충분히 할 수 있을 것이다. 그러니 이제부터라도 뺄셈을 시작해보면 어떨까. '……하지 않고' 뒤에는 '그럼 이제 어떻게 하지?' 하는 질문이 이어진다. 그 질문에 여러분 스스로 지혜와 상상력으로 대답해보자. 지금까지 '이건 절대로 필요해' 라든가 '이게 없으면 도저히 살 수 없어' 라고 생각하거나 그렇게 믿어왔던 물건들을 즈니 하고, 그 대신 다른 방법(이것을 영어로 얼터너티브alternative 라고 한다)을 찾아내거나 생각해보자. 뺄셈은 '반드시 이렇게 해야 한다' 는 진절머리나는 따분한 세계에서 가슴 두근거리는 새로운 가능성을 열어줄 것이다.

제4장

행복은 돈으로 살 수 없다

쓸모 있는 것은 어떤 것일까? 쓸모없는 것은 어떤 것일까?
우리가 걸을 때에는 분명히 발밑의 땅바닥만을 쓴다.
하지만 그렇다고 해서 나머지 땅바닥을 모두 떼어내서 버린다면…….
— 더글러스 러미스, 《생각하고 팝니다》에서

산책

 . . . .

슬로라이프의 시작은 '걷기' 다. 가능하면 천천히 여유 있게 걷는 것이다. 느릿느릿, 어슬렁어슬렁, 터벅터벅…….

산책에 대해 잠깐 생각해보자. 걷기에는 두 종류가 있다. 첫 번째는, 한 장소에서 또 하나의 장소로 이동하기 위해 걷는 것이다. 이 경우에는 목적지가 있어서 그곳에 도착하는 것이 목적이다. 될수 있으면 시간을 들이지 않고 즐겁게 걷기만 하면 그 과정은 어떻든 별문제가 없다.

하지만 같은 걷기라고 해도 두 번째 경우는 좀 다르다. 여기에는 아예 목적지가 없다. 단지 걷는 것 외에는 이렇다 할 목적도 없다. '어디로 가는가' 보다 걷는 '지금' 이 중요하다. 산책에는 종류가 많지만 뭐든 산책이 될 수 있다. 잠시 들르는 길, 돌아가는 길, 멀리 돌아가는 길, 샛길, 골목길, 옆길, 어디서든 어슬렁어슬렁……. 그냥 멈춰서 있어서도 좋고, 가던 길을 돌아와도 괜찮다. 길을 헤매도 아무런 문제가 없다. 아는 사람을 우연히 만나 서서 이야기를 나눠도 된다. 길 하나하나가 다르고, 같은 길이라도 어제와 오늘이 다르다. 비 오는 날과 맑은 날이 다르고, 여름과 겨울이 다르다. 또 진달래가 핀 길과 벚꽃이 핀 길이 다르다.

혼자서 산책을 하는 것과 누군가와 함께 산책을 하는 것은 전혀 다르다. 누군가와 함께 걸으면 언제나 걷던 길도 전혀 새로운 길이 된다. 빠른 걸음으로 아주 빨리 가는 것과 거북이처럼 느릿느릿 가는 것은 전혀 다른 세계다. 걸으면서 마음에 드는 나무를 골라 친구로 삼을 수도 있다. 그러면 그 나무가 서 있는 길은 이미 이전의 길이 아니다.

두 종류의 '걷기'. 목적지로의 이동과 목적지가 없는 산책. 인생에는 이 두 가지 방향 모두가 중요하다고 생각한다. 하지만 현대 일본인들의 다수는 목적지를 향해서만 곧바로 걸어갈 뿐 산책 쪽은 아예 잊어버린 것이 아닌가 하는 걱정을 하지 않을 수 없다. 어슬렁거리며 산책할 때처럼, 아무런 목적도 없이 자유롭고 여유 있게 보내는 시간을 우리는 과연 얼마나 가지고 있을까? 그런 것 역시 경제라는 잣대에 의해 아무런 도움도 되지 않는 '쓸모없는' 놀이로서 무시되고 있지 않은가?

걷기야말로 슬로라이프의 첫걸음이다. 그것도 목적지로 향해 곧바로 줄달음치는 길에서 벗어나 다른 곳을 들르거나 멀리 돌아가거나 샛길로 접어드는 것이다. 자동차에 의지하지 않고 걷는다. 돈도 들지 않는 데다 몸에도 좋고 환경에도 좋다. 다른 사람에게 피해도 주지 않는다. 혼자서 천천히 홀가분하게 걷는다. 이 얼마나 멋진 일인가! 좋아하는 사람과 나란히 걷는다. 정말 로맨틱할 것이다. 말하지 않더라도 서로 통하는 느낌이 든다. 소중한 사람과 바짝 달라붙어서 걷는다. 상대와 보조를 맞추면서. 그렇게 하면 평소 때 하기 어려운 이야기도 쉽게 할 수 있을 것이다.

나의 보물

    산책에 익숙해지면 그다음에는 산책처럼 지금까지 '쓸모없다'
고 믿어왔거나, '잡스러운 일'이라며 하찮게 생각했던 일들을 하
나하나 제대로 짚어보자. 사람들과의 잡담, 천천히 하는 식사, 어
떤 생각에 몰두하는 일, 무언가를 기원하는 일. 이처럼 아무런 도
움도 되지 않는다고 생각해왔던 일들이 실제로는 대단한 가치를
가지고 있을지도 모른다.

    '쓸모없는 일'만이 아니라 '쓸모없는 물건'에 대해서도 한번 생
각해보자. 아무런 가치도 없다고 생각해왔던 물건에 실제로는 대
단한 가치가 있을지도 모르기 때문이다. 여러분도 자신만의 보물
을 가지고 있을 것이다. 어린이라면 누구나 자기만의 보물을 가지

고 있다. 나는 제법 나이를 먹었지만 아직도 많은 보물을 가지고 있다. 아니, 내가 지금 이 글을 쓰는 방 안에는 온갖 보물로 가득 차 있다. 그런 보물 중 대다수는 다른 사람에게는 보잘것없는 잡동사니처럼 보일지도 모르겠다.

여행지에서 줍거나 사람들에게 받은 돌멩이, 조개껍질, 유목流木, 나무 열매, 씨앗, 새의 깃털, 골동품, 친구들이 만들어준 공예품, 액세서리, 딸들이 그린 그림이나 수많은 공작품들. 계단에는 딸들이 갓난아이일 때부터 찍은 사진과 딸들이 태어나기 전에 아내와 함께 멕시코의 피라미드 앞에서 찍은 사진이 놓여 있다. 거실에 걸려 있는 많은 액자는 화가인 내 어머니의 작품이다. 그중에는 어머니가 한때, 사람들이 버린 시든 꽃만을 열심히 그렸던 시기의 해바라기와 아네모네, 장미, 백합 등이 있다. 내가 찍은 사진을 크게 인화해서 액자에 넣어놓은 것도 있다. 펠리컨들이 한 줄로 바다를 가로지르는 에콰도르 해변 마을의 새벽녘 풍경, 큰 나무 위에 모셔진 작은 불상이 햇빛을 받아 빛나던 미얀마의 해질녘 풍경…….

이런 물건들이 나에게 더할 나위 없이 소중한 것으로 생각하는 건 무슨 이유일까? 그건 그 물건들 자체에 무슨 가치가 있다기보다는 거기에 담겨 있는 추억이나, 그 물건 속에 숨어 있다가 거기에서 함께 스며 나오는 멋진 시간이 바로 그 이유일 것이다.

희소성의 유혹

　여러분은 어떤 물건에 대한 가치를 어떻게 평가하는가? 세상에서는 돈을 기준, 즉 가격으로 가치를 생각하는 것이 일반적이다. 그렇다면 그 가격은 어떻게 결정되는 것일까? 경제학에서는 '수요와 공급의 관계'를 통해 가격 결정 과정을 설명한다. 즉, 어떤 상품을 원하는 쪽(수요)과 그것을 제공하는 쪽(공급)의 관계로 결정된다는 것이다. 어떤 상품에 많은 수요가 있다고 해보자. 그러면 그 상품을 공급하는 양이 그것을 원하는 수요에 비해 적으면 가격은 당연히 올라갈 것이다. 반대로, 많은 공급량에 비해 그것을 찾는 수요가 적으면 가격은 당연히 내려갈 것이다. 가격을 떨어뜨리지 않으면 상품이 팔리지 않기 때문이다. 상품이 팔리지 않으면 그것을 만들거나 상점에 진열하는 일은 모두 헛수고가 되고, 그때까지 들였던 돈과 시간은 모두 손해가 되고 만다.

그런데 이 세상에는 너무나 비싸서 보통 사람들이 좀처럼 사기 어려운 물건도 있다. 도대체 이렇게 비싼 것들을 어떻게 살 수 있을까 하는 생각이 드는 경우도 적지 않다. 하지만 그렇게 비싼 가격은, 그것에 대한 수요, 즉 사려는 사람이 있기 때문에 가능한 것이다. 이 세상에는 공급량이 아주 적어서 대단히 높은 가치를 지니는 물건들이 있다. 이것을 희소성의 가치라고 한다. 예를 들면, 다이아몬드의 가격이 놀랄 만큼 비싼 것은 그만큼 아름답기 때문이라고 생각하는 사람도 있을지 모르지만 실제로는 그렇지 않다. 다이아몬드의 가치는 바로 그 희소성, 즉 공급량이 적기 때문에 가격이 높은 것이다. 만약 다이아몬드가 어디서나 구할 수 있고, 누구나 쉽게 손에 넣을 수 있는 물건이라면 어떻게 될까? 아마 그런 것은 아름답다고 하지 않을 것이며, 또 높은 가격이 붙지도 않을 것이다.

놀랄 만큼 비싼 이 작은 돌을, 하지만 자신의 수개월치 월급을 들이더라도 사고 싶은 사람들이 적지 않다. 다이아몬드는 확실히 사람들을 흥분시킬 만큼 강렬한 기쁨을 주는 것 같다. 약혼식이나 결혼 때 주는 반지도 가장 가치가 있는 것은 역시 다이아몬드다.

예전에 '사랑보다도 깊다'는 다이아몬드 광고를 보고 웃은 적이 있다. 결혼했다가 이혼할 수도 있고, 사랑도 식을 때가 있지만, 다이아몬드의 가치는 떨어지지 않는다는 이야기일 것이다.

그렇다면 사람들은 왜 다이아몬드처럼 비싼 물건을 가지고 싶어할까? 사치품을 사고 싶은 욕구는 도대체 어디에서 샘솟는 것일까? 그 한 가지 이유는, 모두가 그것을 가지고 싶어한다는 사실이다. 희소성 있는 것에는 많은 사람이 몰려든다. 그러면 거기에는 필연적으로 경쟁이 발생한다. 경쟁에 참가해서 승리를 거두면 기쁨이 생긴다. 많은 사람이 가지고 있지 않은 것, 가지고 싶어도 가질 수 없는 것을 자신이 갖게 되었다는 기쁨이다.

하지만 잊어서는 안 된다. 이 세상에서 다이아몬드를 살 수 있는 사람은 극히 소수에 지나지 않는다는 사실을. 극소수의 승리자들이 누리는 기쁨의 이면에는 경쟁에 참가할 수 없는 사람들의 서글픔과 경쟁에서 패한 사람들의 슬픔이 도사리고 있다. 값비싼 물건은 사람들을 승자와 패자로 갈라놓는다. 승자가 적으면 적은 만큼, 패자가 많으면 많은 만큼 승자의 기쁨은 더 크고 강렬해진다. 소수 사람의 사치스러운 기쁨은 다수 사람에게 질투와 욕구불만을 불러일으키기 마련이다. 하지만 이 사치스러운 기쁨도 그리 오래가지는 못한다.

희소성 있는 물건을 손에 넣은 사람은 이내 싫증을 내면서 자신이 가진 것보다 더 희소한 것, 더 희귀하고 비싼 것을 얻기 위해 손을 뻗치기 때문이다. 그런 비싼 물건을 파는 쪽에서도 어떤 사람이 한 번 물건을 산 뒤에 만족해서 새로운 물건에 대한 욕구가 생기지 않으면 곤란해진다. 매상을 올리기 위해서는 사는 사람이 계속 욕구불만, 즉 이것도 갖고 싶고 저것도 갖고 싶은 욕구가 완전히 충족되지 않는 상태로 만들어야만 한다. 구매자를 대상으로 "이걸 사세요" "이건 꼭 필요한 겁니다" 하면서 지속적으로 광고하는 판매자는, 결국 사람들에게 만족과 기쁨을 공급하는 것처럼 보이지만 실제로는 욕구불만을 끊임없이 여기저기에 퍼뜨린 것이다.

사실 우리를 지배하고 이 경제 시스템은, 사람들이 가진 스스로에 대한 불만이나 지금 느끼는 물건에 대한 불만을 연료로 움직이는 기계와 같은 것이다. 하지만 지금 우리의 현실과 그 속에서 살아가는 사람들은 자신 속에 가득 차 있는 욕구불만의 무게에 짓눌려버리고 말았다. 그것만이 아니다. 우리가 살아가는 초록별 지구역시 그 무게에 짓눌려 지금도 계속 비명을 내지르고 있다.

행복의 조건

처음에 했던 이야기로 돌아가 보자. 앞서 물건의 가격이 비싼 것은 그것이 가진 희소성 때문이라고 이야기했다. 공급보다 찾는 사람이 많기 때문이다. 그렇다면 보석이나 금 같은 희귀한 금속의 가치는 어떻게 하면 떨어뜨릴 수 있을까? 간단한 방법이 있다. 욕심을 내지 않으면 된다. 희소성 있는 물건에 쏟는 관심을 더 흔한 물건 쪽으로 방향을 돌리는 것만으로도 충분하다. 예를 들면, 내가 캐나다의 한 섬에서 주운 돌이 보석이라고 생각하면 그것으로 충분하다는 말이다.

미국의 앨리스 워커라는 시인이 어느 시에서 이렇게 말한 적이 있다. 해변에 떨어져 있는 새의 깃털이나 조개껍데기, 돌멩이 같은 것에는 경제적인 가치가 없다. 그런 것들은 어느 해변에나 있는 것이기에 돈이라는 척도로 보면 아무런 가치도 없다. 하지만 그것들을 손에 들고 잘 보면, 그 하나하나에는 이 세상에 둘도 없는 독특한 아름다움이 있다. 아득한 시간의 우연한 만남 끝에 하나의 돌이 지금 여기에 이런 형상이 되어 내 손 위에 놓여 있다. 이것은 하나의 기적이다. 그런데 그런 깃털이나 조개껍데기, 돌멩이에서 숨죽일 듯한 아름다움을 발견하는 것은 과연 누구인가? 바로 나 자신이다. 원래 있던 것들을 향한 내 관심이 그것들을 보물로 바꾼 것이다.

> 어쩌면 그것은 하나의 혁명이라네
> 희소한 것을 향한 관심에 지지 않는
> 많고 흔한 것에 대한 우리의 사랑은
>
> ─앨리스 워커 '우리만이'에서

규슈九州와 도호쿠東北 사람들이 만든 표어 중에 '없는 것에 애달아하는 대신 있는 것을 찾자'는 것이 있다. 도쿄처럼 '앞서 나가는' 곳이 되기 위해 '저것이 없다' '이것이 있으면 좋겠다'는 식으로 생각하는 것은 이제 그만두고, 자신들이 사는 지역의 자연과 문화의 풍요로움을 올바르게 활용하면서 자신들만의 속도로 살아가자는 생각이 거기에 담겨 있는 것이다. 지금까지 우리 사회는 '발전'이나 '개발'이라고 하면, 기존에 '없던 것'이나 '부족한 것'을 지역마다 특정해서 그런 것들을 채워넣거나 충족하는 것을 의미하는 경우가 많았다. 예컨대, 지금 여기에 충분하지 않은 '희소한 것'에 관심을 기울이는 것이 매우 중요하다고 생각해왔다는 것이다. 그래서 인간 개인의 행복에 대해서도 자신에게 '없는 것'이나 '부족한 것'을 찾거나, '가지고 있지 않은 것'을 사고 싶어하는 것이라고 믿었던 사람이 많았다.

하지만 물건과 행복의 관계를 조사한 데이비드 마이어스라는 심리학자는 다음과 같은 결론에 도달했다고 한다. "행복이란 원하는 것을 손에 넣는 것이 아니라 이미 가진 것을 원한다고 생각하는 것이다." 즉, 자신이 이미 가진 것을 포함해, 지금 있는 그대로에 충분히 만족하면서, 이런저런 것을 갖고 싶다고 생각하지 않는 것이 행복이라는 것이다(*Growth Fetish*).

하여간 이러한 이야기들은 우리들에게 커다란 발상의 전환을 요구하는 듯하다. 가지고 있지 않은 것을 추구하기보다는 지금 가지고 있는 것을 즐기는 쪽으로. 없는 것에 애달아하는 대신 있는 것을 찾아보는 쪽으로. 희소한 것에만 관심을 기울이기보다는 어디에나 있는 것에 뜨거운 눈길을 돌리는 쪽으로. 돈으로 잴 수 있는 가치 바로 옆에 돈으로 잴 수 없는 가치를 놔둬 보자. 자신이 가진 것을 통해 느끼는 기쁨 곁에 다른 사람들과 함께 나누는 기쁨을 놔둬 보자.

여러분은 상상할 수 있겠는가. 얼마 전까지 해도 아이들이 누리는 즐거움의 대부분은 돈이 들지 않았다는 사실을. 지금은 많은 돈이 없으면 그런 것조차도 살 수 없게 되어버렸다. 그래서 여러분 중에는 놀이를 위한 여러 가지 도구나 기계, 시설이 없으면 즐겁게 놀기가 대단히 어려워졌다고 생각하는 사람이 있을지도 모르겠다. 하지만 옛날 아이들은 그런 것 하나 없어도 모두 즐겁게 뛰어놀았다. 내가 자주 가는 '남쪽' 나라들은 지금도 그렇다. 거기에서는 누구나 '무엇이 없어서 놀 수 없다'고 생각하지 않는다. 지금 여기에 있는 것으로 놀 뿐이다. 없는 것에 대한 불평을 늘어놓을 틈이 있으면 지금 있는 것을 활용해서 즐긴다. 누구도 즐기는 데 돈이 든다고 생각하지 않는다. 돈 없는 사람은 즐길 수 없다는 것은 결코 있을 수 없는 일이다!

그런 생각을 하면 일본이라는 나라는 꽤 쓸쓸하고 적막한 곳이 되고 말았다는 생각이 든다. 마치 우리 자신들에게서 즐겁게 놀았던 힘을 누군가가 빼앗아 어딘가 먼 곳으로 가져가 버린 것 같다.

그런 힘을 우리는 이전의 자신에게 되돌려놓아야 한다. 즉, 돈이라는 척도만으로는 가늠할 수 없는 가치를 스스로 만들어내고 기르는 능력을 자기 자신 속에서, 가정 속에서, 그리고 지역 속에서 되살려야 한다.

사실 그런 것들은 아주 간단한 일이다. 여러분이 소중하게 여기는 보물이나 즐거움을 생각해보면 곧바로 알 수 있다. 다른 사람들의 눈으로 보면 여러분의 보물은 단 한 푼의 가치도 없는 쓰레기에 불과할지도 모른다. 여러분이 좋아하는 책은 사람들에게는 아무런 쓸모도 없는 물건으로 보일지도 모른다. 또 여러분의 즐거움이 다른 사람들의 눈에는 무의미한 시간을 보내는 것으로 보일지도 모른다. 그렇지만 그런 물건을 손에 든 것만으로, 그 책을 읽는 것만으로, 그리고 그런 사람과 함께 있는 것만으로, 하늘을 보는 것만으로, 손수 만든 도시락을 펼쳐놓는 것만으로, 여러분은 얼마나 행복한가. 이제 여러분은 잘 알고 있을 것이다. 인생에서 가장 소중한 것은 돈이라는 척도로 잴 수 없을 뿐만 아니라 결코 돈으로 살 수 없다는 사실을.

제5장

놀자, 밖으로 뛰쳐나가자!

그렇다면 알려주십시오. 아이들은 어디에서 놀면 좋은가를?
— 캐트 스티븐스, 「Where do the Children play?」에서

호모 루덴스

여러분은 밖에서 노는 걸 좋아하는지 모르겠다. 나는 어렸을 때 쉬는 날은 물론이고 학교에 가는 날에도 매일 어두워질 때까지 밖에서 뛰어놀았다. 지금도 밖에서 노는 걸 좋아하고, 아이들이 밖에서 노는 모습을 보는 것도 좋아한다.

하지만 최근 일본 여기저기를 여행하면서 든 생각은 좀처럼 아이들의 모습을 볼 수 없다는 것이다. 특히 옛날에는 어디에서나 볼 수 있었던 밖에서 노는 아이들의 모습이 이제는 거의 보이지 않는다. 외국에 잠깐 나갔다 일본으로 돌아오면 그런 사실을 더한층 절감하게 된다.

《놀이와 일본인》이라는 책 속에서 내가 존경하는 프랑스 문학가인 다다 미치타로 선생은 이렇게 이야기하고 있다.

다행스럽게 우리에게는 아직 들판에서 천진스레 뛰어노는 아이들이 있다. 참새떼가 제멋대로 날아다니다 무리 지어 날아오르는 것처럼, 아이들은 마음대로 무리 지어 놀다가 일제히 달아난다. 그런 뒷모습은 우리에게 뭔가 무언가를 말해주지 않는가? 실제로 노는 아이들의 소리는 우리의 영혼까지도 뒤흔들어 놓는다.

다다 선생이 이 글을 쓴 것은 벌써 30년 전의 일이다. 그때 다다 선생의 머릿속에는 헤이안平安 시대 말엽의 가요집인《양진비초梁塵秘抄》에 나오는 이런 노래였다.

놀려고 태어난 게지
까불며 새롱대러 세상에 난 게야
아이들 노는 소리 들려오면
내 몸까지 절로 흔들려 오네

'인간이여, 놀기 위해 태어나지 않았는가? 노는 아이들의 소리를 듣는 것만으로 어른인 우리도 가슴이 설레고 두근거리는구나.'

이것이 8백 년 전의 노래다. 여기에서 표현된 감각이 불과 30년 전의 다다 선생을 통해 생생하게 되살아나는 듯하다. 하지만 이런 감각이 그 뒤에 어떻게 되었을까? 우리는 30년 전에 다다 선생이 말한 것처럼 더는 "들판에서 천진하게 뛰어노는 아이들이 있다"고 이야기할 수 없게 되었다. 시간 가는 것도 잊어버린 채 노는 아이들의 소리를 들을 수도 없다. 지금 우리 어른들은 옛날의 어른들처럼 뛰어노는 아이들의 소리를 듣고 가슴이 설레고 두근거리는, 그런 영혼을 가지고 있다고 할 수 있을까?

'인간이여, 놀기 위해 태어나지 않았는가?'라며, 8백 년 전 사람들은 이처럼 멋진 노래를 불렀다. 여러분은 어떻게 생각하는가? 나는 생각 끝에 이 노래를 불렀던 8백 년 전 사람들이 말한 그대로일지도 모르겠다는 생각이 들었다. 즉, 인간은 놀기 위해 태어났다는.

노는 것에 관한 한 어른들은 아이들을 당해낼 재간이 없다. 인간은 태어나면서부터 놀이의 명인이다. 어른들이 하는 일을 아무것도 하지 못하는 아이들이라 할지라도 노는 것만큼은 누구에게도 뒤지지 않는다. 하지만 그런 아이들이 성장해서 어른이 되면 노는 것에 아주 서툴러진다. 왜 그럴까? 그건 다분히 '시간을 쓸모없이 보내는' 일에 서툴러졌기 때문이 아닐까? 놀이란 원래 시간을 그렇게 쓸모없이 보내는 것이다. 하지만 시간을 쓸모없이 보낼 수 없는 어른들은 결국 노는 것도 불가능해 진 것이다.

원래 '쓸모없음'은 무엇을 말하는 것일까? 그건 '도움이 되지 않는다' 혹은 '이익이 없다'는 뜻이다. 어른들은 노는 아이를 붙잡아놓고 "놀지 말고 뭔가 쓸모 있는 일을 하라"고 말한다. 하지만 그 '쓸모 있는 일'이라는 건 어떤 것일까? 어떤 목적을 달성하기 위해 필요한 것, 즉 아이들이라면 공부, 어른이라면 일일 것이다. 공부를 하는 것은, 다른 이유도 있을지 모르지만, 현실적으로는 좋은 학교에 가기 위한 것이다. 좋은 학교에 가는 것은 괜찮은 일을 하기 위한 것이다. 일을 하는 것은 돈을 벌기 위한 것이다. 괜찮은 일이라는 것은, 될 수 있으면 즐겁게 일하면서도 높은 보수를 받을 수 있는 일이다. 단지 생활을 위해 필요한 돈만이 아니라 여러 가지 편리함이나 사치품을 즐길 수 있을 만큼 많은 돈이다. 아주 편리하게 살려면 많은 돈이 든다. 하지만 무엇을 위한 편리함인가? 그것은 시간을 절약하기 위한 편리함이다. 그렇게 절약한 시간을 일하지 않고 즐겁게 노는 데 쓰기 위한. 하지만 그렇게 하기 위해서는 돈이 들기 때문에 그 돈을 벌기 위해서는 좀더 많은 일을 해야 한다. 일을 하지 않으면서도 좋은 시간을 보내려면 좀더 일을 해야만 한다. 뭔가 좀 이상하지 않은가?

사회 전체적으로 보더라도 비슷하다고 할 수 있다. 우리가 사는 사회는 여러분 각자가 '쓸모 있는 사람'인지, '쓸모 있는 일'을 하고 있는지 예의주시한다. 특히 경제성장이나 효율성을 우선시하는 우리 사회에서는 돈이야말로 '쓸모 있음'의 여부를 가늠하는 중요한 척도다(여기에 관해서는 제1부에서 상세하게 살펴보았다). 개인적으로도 사회적으로도 돈과 관련 없는 활동은 보통 '잡다한 일'로 치부하면서 가볍게 보거나 때로는 어리석은 일로 취급하며, 여차하면 아예 없애버리기도 한다.

하지만 만약 우리가 저 8백 년 전의 노래나 30년 전의 다다 선생의 말처럼 모두 놀기 위해 태어난 존재라면 어떠했을까? 좋은 학교에 가기 위해서도 아니고, 좋은 회사에 들어가기 위해서도 아니고, 높은 지위에 오르기 위해서도 아니고, 부자가 되기 위해서도 아닌, 놀기 위해 태어났다면? 즐거운 것 외에는 아무런 쓸모도 없는 시간을 보내기 위해 살아간다면?

아웃도어는 즐거운 불편이다

　나는 여행을 가면 산책이나 수영, 캠핑, 카누, 소풍, 조류 관찰 등을 하면서 즐겁게 시간을 지낸다. 야외에서 하는 이런 놀이를 흔히 '아웃도어'라고 한다. 원래 '옥외'를 의미하는 이 평범한 영어 단어를 다시 생각하게 된 것은 캐나다 밴쿠버에서 살 때였다.

　바다와 산, 그리고 숲에 둘러싸여 있는 캐나다 유수의 도시인 밴쿠버는 다른 대도시에서는 찾아보기 어려운 독특한 매력이 있는 곳이었다. 밴쿠버는 사계절 내내 야외 활동에서 즐거움을 찾는 사람들이 전 세계에서 몰려오는 아웃도어의 일대 중심지이기도 했다. 관광객들만이 아니다. 주민들 역시 아웃도어에 대한 열정이 대단한 곳이었다. 실제로 아웃도어 용품점도 대단히 많다. 지역 주민들이 일상 잡화나 옷을 살 경우 될 수 있으면 아웃도어용 도구나 방한복, 방수복, 신발을 사들인다. 실제로 길거리의 많은 사람이 일상적으로 아웃도어용 복장으로 다닌다. 요즘에는 '아웃도어지'라는 말을 자주 듣는다. '아웃도어 풍의'라는 뜻의 조어다. 아웃도어지 한 사람, 아웃도어지 한 자동차, 아웃도어지 한 라이프스타일 같이 쓴다. 그리고 무엇보다 도시의 전체적인 분위기가 아웃도어지 하다는 느낌이 든다.

휴일에는 많은 사람이 숲과 바다로 나간다. 해가 긴 여름 몇 개월 동안, 사람들은 오후 5시에 일과를 마치면 매일같이 자전거를 타고 멀리 나가거나 소풍을 가거나 카누 타기를 즐긴다. 또 등산을 가거나 조류 관찰을 하면서 일상을 즐기기도 한다. 이는 많은 일본인이 일과를 마친 뒤에 파친코에 가거나 쇼핑을 하거나 술집에 가는 것과 비슷한 일종의 습관이다. 그렇다 하더라도 대도시에 사는 사람들이 어떤 것에서 재미와 아름다움, 그리고 편안함을 찾는가 하는 '마음의 습관'이 일본과 캐나다는 왜 이렇게 다를까 하는 생각이 든다.

현재 일본에도 아웃도어라는 말이 정착되면서 아웃도어 놀이를 즐기거나 아웃도어지 한 라이프스타일을 추구하는 사람들의 수가 점차 늘어나고 있다. 원래 아웃도어라는 말이 유행하는 곳은 '선진국'으로 불리는 40여 개국 정도에 불과하다. 즉, 아웃도어라는 말은 인공의 세계가 자연계에서 분리된 결과, 그곳에 사는 사람들이 '살기의 어려움'을 느끼고 있다는 것을 보여주는 징표라고 할 수 있다. 그리고 그 살기의 어려움은 삶 속에서 무언가 중요한 것을 잃어버렸다는 것을 의미한다.

그 잃어버린 것이 바로 놀이다. 놀이 중에서도 가장 오래되고 가장 유서 깊은, 우리 인간에게 뿌리와 같은 놀이. 그것은 자연과 함께 하는 놀이다. 그렇게 잃어버린 뿌리를 찾아서 우리는 옥외로 나가는 것이다. 다시 말하면, 아웃도어란 자연과의 놀이로 돌아가 그것을 통해 우리들의 생활 속에 휑하게 뚫린 구멍을 메우려는 시도이다.

생각해보면 아웃도어는 '즐거운 불편'이다. 무거운 짐을 들고 전기나 수도, 가스레인지도 없는 곳으로 나가 캠핑을 한다. 무엇 때문에 그런 여러 불편을 감수하는 것일까? 물론 즐겁기 때문이다. 거기에서만큼은 불편과 즐거움이 잘 맞아떨어진다.

물론 불편이 언제나 즐거운 것은 아니다. 하지만 '즐거운 불편'이 있다는 사실을 알아두는 것이 중요하다. 마찬가지로 편리함이 반드시 좋은 것이 아니라는 사실 또한 알아두는 것이 좋다.

편리함의 허구

여러분은 '편리함'이라는 말에서 무엇을 떠올리는가? 고속도로, 휴대전화, 편의점, 자동판매기, 전기밥솥, 컴퓨터, 인터넷……. 편리함은 확실히 현대사회의 키워드라고 할 수 있다. 편리함의 좋은 점에 대해 의심의 눈길을 던지는 사람은 이상한 사람으로 취급받거나 심할 때는 따돌림을 당하기도 한다. 편리함 때문에 상당한 희생이 따라야 하는데도 사람들은 그다지 개의치 않는다. 자동차의 편리함 때문에 매년 전 세계에서 88만 명이 교통사고로 목숨을 잃거나, 그보다 훨씬 더 많은 사람이 배기가스로 말미암아 공기오염으로 병사하지만, 사람들은 그런 사실에는 크게 관심을 두지 않는다. 자동차를 달리게 하기 위해 석유를 둘러싼 전쟁이 일어나고, 도로를 만들기 위해 귀중한 자연이 훼손되어도 신경 쓰는 사람은 거의 없다. 어찌 보면 편리함은 일종의 종교가 되어버린 것 같다. 사람들은 편리함을 우러르며 그 앞에 납작 엎드린다. 자동문을 만드는 업자가 있고, 그런 집에서 아이들을 키우고 싶다고 생각하는 사람이 있다. 편리하기 때문이다. 액정을 이용해서 1년 내내 즐길 수 있는 인공 반딧불이를 발명한 과학자가 있고, 그런 제품을 사들이는 사람이 있다. 편리하기 때문이다. 현재 일본에는 약 4만 개의 편의점과 5백55만 개의 자동판매기가 언제 올지도 모르는 변덕스러운 손님들을 기다리며 밤거리를 밝힌다. 정말 편리하기 짝이 없는 세상이다!

이제 여러분은 '편리교'라는 종교의 무서움에 대해 충분히 알았을 것으로 생각한다. 편리함의 이면에는 언제나 이런 불편함이 도사리고 있다는 사실을 잊지 말아야 한다. 공해도, 환경파괴도 모두 편리교가 불러일으킨 커다란 불편이다! 사실 우리 인간은 편리함을 위해 타인에게 손해를 끼칠 뿐 아니라 자기 자신이 살아가기 위한 토대마저도 아무렇지도 않게 무너뜨려 왔던 것이다. 그것만이 아니다. 편리함은 우리의 능력을 약화시키고, 심신의 건강에 해를 끼칠 뿐 아니라 살아가는 즐거움을 빼앗아버리기도 한다. 예를 들면, 자동차 탓에 우리의 걷기 능력이 떨어지는 대신 비만 같은 건강상의 문제가 점차 늘어나고, 산책의 즐거움 또한 줄어드는 것이다.

'낙樂'이라는 한자에는 크게 두 가지 의미가 있다. 하나는 즐겁다거나 쾌락을 뜻하는 낙. 또 하나는 편리함과 간단함을 의미하는 낙. 즐거움과 편리함. 이 두 가지를 혼동해서 마치 같은 것을 의미한다고 생각하는 것은 위험한 일이다. 조금만 생각해보면 알 수 있듯이 편한 것이 반드시 즐거운 것은 아니다. 편리하고 손쉬운 일이 오히려 우리의 즐거움을 빼앗아버리는 경우도 있다.

즐거운 일은 때로는 어렵기도 하고 복잡하기도 하고 귀찮기도 하고 시간이 오래 걸리기도 한다. 하지만 어렵고 복잡하고 귀찮고 시간이 걸리기 때문에 오히려 더 즐거운 경우도 드물지 않다. 그 때문에 우리는 '즐거움'과 '편리함'을 구별해야 할 필요가 있다. 빠른 '편리함'을 손에 넣기 위해 느린 즐거움이나 좋은 기분을 희생시키지 않도록 하자. 바로 그렇게 생각하는 것이 아웃도어라는 놀이의 본질이다. 아웃도어는 편리하고 손쉬운 일 대신 불편하게 시간이 걸리는 느린 즐거움을 우리들에게 선사한다.

울퉁불퉁이 좋아

　애니메이션 영화로 널리 알려진 미야자키 하야오 감독이 어디에선가 이렇게 말한 것이 떠오른다. 활기를 잃어버린 요즘의 어린 아이들에게 활기를 되찾아주려면 우선 보육원이나 유치원의 정원을 울퉁불퉁하게 하는 게 좋다는 말이었다. 실제로 그런 보육원이 있어서 그곳에 다니는 아이들은 확실히 활기가 넘치고 생기발랄하다고 한다. 하지만 이는 단지 아이들만의 문제는 아닌 것 같다. 우리가 살아가는 인공의 세계는 어디든 평편하기만 해서 우리 모두 울퉁불퉁의 즐거움을 빼앗겨버린 게 아닌가 하는 생각이 든다.

　울퉁불퉁은 확실히 불편하고 효율적이지 않다. 편리함과 효율성만을 추구하는 경제중심 사회는 울퉁불퉁을 좋아하지 않는다.

하지만 울퉁불퉁이야말로 자연계의 특징이라고 할 수 있다. 일본은 면적이 25배나 더 넓은 미국보다 더 많은 콘크리트를 써서 세계에서 가장 빠른 속도로 자연의 울퉁불퉁을 인공적으로 평편하게 탈바꿈시킨 나라다. 단순히 일부 사람들이 말하는 경제적 이익 때문이라는 것만으로는 설명할 수 없는 '반反 울퉁불퉁'이나 '반反 자연'의 힘이 사회 전체에서 강하게 작동하는 것이다. 물론 그런 힘이 한편으로는 경제성장의 원동력이 되었다고 하지만, 다른 한편으로는 자연환경과 지역의 문화를 파괴하고, 전혀 즐겁지 않은 세상을 만들어내기도 했다.

이런 세상에서 아웃도어 놀이를 통해 우리는 자연계의 울퉁불퉁을 ㅡ그래서 울퉁불퉁한 세계만이 가진 즐거움을 근대적 삶 속으로 되돌아오게 해야 하지 않을까. 아웃도어를 즐기는 어른들의 모습은 '소꿉장난'을 하는 어린아이들과 똑 닮았다. 모닥불을 둘러싸고는 마치 자신들도 알지 못하는 먼 옛날 사람들의 삶을 그리워하는 것처럼 보인다. 바로 그런 모습은 이제는 아주 서먹서먹해진 자연계와의 화해를 위한 의식이다. 인간 세계만이 아니라 자연계를 포함한 넓은 세계의 일원으로서 자신이 사는 터전을 재발견하려는 것이기도 하다.

아웃도어 놀이에 참가하면 일상생활을 관통하는 시간과는 아주 다른 시간속으로 들어가게 된다. 식사 준비를 할 때의 시간, 모닥불 주위를 둘러싼 시간, 낚싯줄 끝에 매달려 있는 찌를 응시하는 시간, 카약을 타고 물살을 헤쳐나가는 시간, 산등성이를 걷는 시간, 텐트 속의 시간, 창공의 별을 우러러보는 시간. 모두 고요하고 소박한 시간이지만 이런 시간이 바로 여러분의 영혼을 뒤흔든다.

아웃도어는 반드시 옥외에서만 이루어지는 것은 아니다. 여러분은 아웃도어라는 울퉁불퉁한 세계 즉, 즐겁고 아름답고 평온한 시간의 여운을 옥외에서 자신의 집으로 가지고 돌아갈 것이다. 그리고 그런 것들은 일상 속으로 섞여 들어간다. 울퉁불퉁한 공간과 느린 시간이 흘러들어온 매일의 일상은 이제 더는 이전과 같은 것일 수 없다. 바쁘고 조급한 생활 속에 던져지더라도 여러분은 이미 이전과는 사람이다. 분명히 여러분은 이전보다 활기차게 빛나게 될 것이다.

제6장

캐나다 소녀 세번의 여행

대지를 지키기 위한 투쟁만으로는 충분하지 않다.
그것보다 더 중요한 것이 있다. 그것은 바로 대지를 즐기는 것.
— 에드워드 아비

나의 '선생님'

앞장에서 아웃도어지 한 대도시 밴쿠버에 대해 이야기를 했다. 이번 장에서는 그 밴쿠버에서 나고 자란 한 젊은 여성의 이야기를 해볼까 한다. 세번 컬리스 스즈키. 여러분 중에 이 이름을 들어본 사람이 있을지도 모르겠다. 1992년 브라질의 리우데자네이루에서 열린 '지구환경 정상회의'에서 있었던 일이다. 당시 열두 살의 소녀였던 세번이 했던 불과 6분간의 연설은 그 자리에 있던 세계 각국의 수뇌들에게 커다란 감동을 주었을 뿐 아니라 그 뒤에도 책과 비디오를 통해 전 세계 널리 알려졌고, 지금도 많은 사람에게 큰 영향을 주고 있다.

현재 세번은 26세로, 캐나다의 한 대학원에서 민족생물학이라는 학문을 연구하고 있다. 어릴 때부터 시작했던 환경운동을 지금도 열심히 하고 있으며, 현재 대학원에서 연구하는 주제도 그런 활동에서 나온 것이다. 세번의 아버지와 친했던 나는, 그녀가 어렸을 때부터 잘 알고 지냈다. 나는 세계 각지에서 환경운동가나 활동가로 불리는 사람들을 많이 만났지만, 세번만큼 즐겁게 환경운동을 하는 사람은 본 적이 없다. 그런 의미에서 세번은 아이일 때나 지금이나 나에게는 '선생님'이라고 할 수 있다.

세번은 1974년 캐나다 브리티시컬럼비아 주의 밴쿠버에서 일본계 3세 생물학자이자 텔레비전 캐스터로 유명한 데이비드 스즈키의 장녀로 태어났다. 어릴 때부터 캐나다의 풍요로운 자연 속에서 뛰어놀며, 열렬한 아웃도어 애호가인 아버지의 영향으로 캠핑과 하이킹, 낚시를 즐기며 성장했다. 일과 취미로 여행을 떠나는 부모를 따라 캐나다 각지를 방문해 원주민인 인디언들의 문화와 대자연의 풍요를 직접 체험하기도 했다.

아마존에서 온 손님

세번이 여덟 살, 그리고 동생 사리카가 다섯 살 때의 일로, 세번의 부모는 남미 아마존에서 벌어지고 있던 거대 수력발전 댐 건설에 반대하는 브라질 원주민들의 투쟁을 지원하게 되었다. 당시 이 투쟁의 선두에 섰던 카야포족이라는 원주민족의 지도자 파이야칸은 댐 건설을 강력하게 추진하는 사람들로부터 끊임없는 협박에 시달리고 있었다. 그는 자신의 신변에 큰 위험이 닥치자 캐나다로 잠시 몸을 피하기로 하고 가족 다섯 명과 함께 세번의 집으로 와서 함께 지내게 되었다. 그때의 일을 떠올리며 세번은 이렇게 이야기한다.

"상상해보세요! 아마존 오지의 열대림 속에서 석기시대처럼 생활했던 원주민 가족이 밴쿠버 같은 대도시에 와서, 게다가 우리와 함께 사는 모습을 말이에요. 지금도 믿어지지가 않을 정도예요."

스즈키 가족은 파이야칸 가족을 데리고 브리티시컬럼비아 주 각지에 흩어져 사는 원주민족을 방문해서 함께 의견을 나누기도 하고, 서로의 문화에 대해 배울 기회를 만들었다. 세번과 사리카는 이내 파이야칸의 아이들과 친구 사이가 되었다. 열대 정글에서 온 손님들은 태어나서 처음 본 눈과 바다에 깜짝 놀랐다. 그 아이들이 가장 좋아한 것은 수족관에서 본 고래였다고 한다.

브라질의 정치적인 상황이 호전되어 마침내 파이야칸 가족은 브라질 오지로 돌아가게 되었다. 이별의 순간이 왔다. 아이들은 모두 눈물을 흘리며 이별을 아쉬워했다. 떠날 때 파이야칸은 감사의 인사와 함께 스즈키 가족을 자신의 마을로 초대했다. 그 초대를 받아들여 이듬해 스즈키 가족은 아마존의 싱그 계곡 깊숙이 자리 잡은 카야포족의 마을을 방문하게 되었다.

세번과 사리카는 파이야칸의 아이들과 재회의 기쁨을 나누었다. 이번에는 자신들이 알지 못하는 낯선 대지에서 모든 것을 배울 차례였다. 벌거벗은 몸에 다양한 문양을 그려넣은 사람들과 함께 지낸 숲에서의 생활은 세번에게 강렬한 인상을 심어주었다.

카야포 사람들은 우리한테 많은 것을 보여줬어요. 전기뱀장어를 어떻게 잡는지, 거북이는 어디에 알을 숨기는지. 그들을 우리와 함께 숲으로 산책하러 가서 점심으로 신선한 파파야를 잘라줬어요. 우리가 강에서 수영하는 동안 사람들은 강가에서 작은 피라니아를 낚았어요. 우리는 카야포 사람들이 몇천 년 동안 살아왔던 것과 같은 방식으로 매일 보냈어요.

—세번 스즈키,《당신이 세계를 바꾸는 날》,

아이지만 저는 알아요

　'그때 우리는 아마존 숲과 사랑에 빠졌다'고 세번은 회상한다. 몇 주가 지나고 나서 스즈키 가족은 캐나다로 돌아왔다. 작은 비행기를 타고 마을 위로 날아오르자 아마존 숲이 바다처럼 끝없이 펼쳐졌다. 그 하늘 위에서 세반은 이상한 광경을 목격했다. 숲 여기저기에서 연기가 뭉게뭉게 피어오르고, 곳곳에서 불길이 치솟았다. 사랑하는 숲이 불타고 있었던 것이다. 세번은 꿈의 세계에서 재빨리 현실의 세계로 돌아오는 것 같은 느낌이 들었다. 그 불은 아마존의 숲을 태워 목장과 밭으로 개발하기 위한 것이었다. 그렇게 개발한 땅에서 쇠고기와 콩 등을 생산, 외국에 수출함으로써 돈을 벌겠다는 인간의 욕심이 불러일으킨 불이었다. 그런 개발 탓에 세계 최대의 숲은 현재 1년에 2만 6천 제곱킬로미터(서울 면적은 약 6백 평방킬로미터다 -역자)라는 맹렬한 속도로 파괴되고 있으며, 이런 추세대로라면 금세기 후반에는 원시림 대부분이 사라질 것으로 예상된다.

그때의 일을 세번은 이렇게 이야기한다. "불타는 아마존의 숲을 봤던 바로 그때, 내가 가야 할 인생의 길이 결정되었는지도 모르겠어요." 환경운동가로서, 또 생물학을 공부하는 지금의 자신은 그때가 시작이었던 것 같다는 생각이 들었다고 한다.

캐나다로 돌아온 초등학교 5학년의 세번은 친구들과 함께 ECO 어린이 환경운동이라는 클럽을 만들어 활동하기 시작했다. 시작은 그녀들의 놀이터였던 지역 해안을 청소하는 일이었다.

"ECO 활동은 정말 재미있었어요. 모여서 수다를 떠는 것만으로도 즐거웠죠. 엄마가 만들어준 쿠키를 먹으면서 언제나 새롭고 재미있는 일을 배웠으니까요."

세번은 이듬해인 1992년 브라질의 리우데자네이루에서 '지구환경 정상회의'가 열린다는 사실을 알고 ECO의 친구들과 함께 회의에 참가하기로 의견을 모았다. 그 회의 결과 때문에 가장 큰 영향을 받는 것은 바로 세번 같은 어린이 세대였다. 그래서 그토록 중요한 회의에는 어린이 대표도 마땅히 참가해야 한다는 게 세번의 생각이었다. 하지만 어른들은 "그런 일은 어린아이들이 할 수 있는 일이 아니다"며 반대하고 나섰다. 그럼에도 세번과 친구들은 조금도 의지를 굽히지 않았다. 자신들의 힘으로 리우에 가는 경비를 마련하기 위해 나서자 어른들도 조금씩 힘을 보태기 시작했다. 그래서 마침내 세번은 비롯한 다섯 명의 아이들은 리오를 향해 날아갈 수 있게 되었다.

정상회의가 열리는 회의장에는 지구환경 문제에 깊은 관심이 잇는 사람들이 전 세계에서 몰려들었다. 회의장에 부스를 설치한 세번 일행은 매일 많은 사람을 만나 자신들의 생각을 전하기 위해 노력했다. 정상회의 마지막 날이 다가오면서 아이들은 서서히 집으로 돌아갈 준비를 했다. 그런데 뜻밖의 소식이 전해졌다. 정상회의의 마지막을 장식하는 전체 회의에서 '어린이 대표'로 연설을 할 기회를 주겠다는 소식이었다.

열두 살의 세번이 단상 위에 섰다. 그리고 러시아 대통령과 미국 부통령을 비롯한 세계 각국의 대표들인 어른들 앞에서 6분 동안 연설을 시작했다.

여러분 어른들께서 살아가는 방식을 바꾸어야 한다는 말을 하기 위해 저희는 스스로 비용을 마련해서 캐나다에서 브라질까지 1만

킬로미터를 날아왔습니다. 오늘 제가 하는 얘기에는 그 어떤 숨겨
진 의제나 겉으로 드러난 주제도 없습니다. 제가 환경운동을 하는
것은 저 자신의 미래를 위해…….

세번은 연설을 통해 자신이 어떤 것을 좋아하고, 어떤 것이 중요
하며, 그리고 자신의 꿈이 무엇인지 이야기했다. 하지만 그런 소중
한 모든 것들이 심각한 환경 위기로 말미암아 파괴되고, 사라져가
고 있다며 두려움을 호소했다.

만약 전쟁을 위해 사용되는 모든 돈을 빈곤과 환경문제를 해결하
는 데 사용한다면 이 지구는 멋진 별이 될 것입니다. 저는 아이이
지만 그런 사실을 알고 있습니다…….

연설이 끝났을 때 사람들은 일어서서 눈물을 흘렸다. 세번은 사
람들의 열렬한 반응에 깜짝 놀랐다. 각국 정부대표와 정치인들만
이 아니라 회의장에서 경비를 맡고 있던 사람들까지 눈시울을 적
시며 세번에게 "정말 중요한 것을 일깨워주어서 고맙다"고 말했다.
그때 이후 세번은 전 세계 여러 곳에서 강연을 의뢰받게 되었
고, 마침내 젊은 세대를 대표하는 환경문제의 리더로 알려지게 되

었다. 1997년부터 2001년에 걸쳐 유엔에서 '지구헌장'을 제정하는 작업에 가장 젊은 회원으로 참가하기도 했다. 또 미국 예일 대학에 진학해서는 생물학을 전공하면서 동료와 함께 환경활동을 전개하기도 했다. 2002년 대학 졸업과 동시에 환경단체를 만들었는데, 자신이 가장 좋아하는 브리티시컬럼비아 주 북부에 있는 호수의 이름을 따서 '스카이피시 프로젝트Skyfish Project'라고 지었다.

세상을 즐기자!

1992년부터 10년째가 되는 해인 2002년에 나는 동료와 함께 세번을 일본에 초대해서 전국 강연 여행을 했다. 스물두 살의 어른이 된 세번은 강연 도중에 몇 번이나 자신이 어린 시절에 겪었던 이야기를 들려주면서, 특히 여덟 살 때 아마존 오지 여행이 커다란 전기가 되었다고 말했다. 그때 이후 '진정한 풍요가 무엇인가?' 하는 질문이 자신의 주제가 되었다는 것이다. 텔레비전과 컴퓨터, 맥도널드도 없는 아마존 오지의 카야포 마을. 전기는 물론 수도조차 없는 오지 마을의 아이들이 북미나 일본의 아이들보다 훨씬 더 활기차고 즐겁게 사는 것은 무슨 이유일까?

아마존 오지가 아니더라도 원래 아이들이라는 존재는 '진정한 풍요란 무엇인가?'라는 질문에 대한 대답을 아는 게 아닐까? 아마 그럴 것이다. 강과 바다에서 놀고, 숲과 산을 걷고, 낚시를 하고, 진흙 놀이를 하고, 모닥불을 피우고, 노래를 부르며 춤을 추고, 가족이나 친구들과 이야기를 하고, 편안하게, 웃는다.

세번은 특별한 아이였다. 하지만 세번은 좋아하는 것을 좋아한다고 말하고, 당연한 것을 이리저리 따지지 않고 당연하다고 말하고, 해야 한다고 생각한 일은 곧이곧대로 실행한다는 의미에서 특별할 뿐이다. 세번은 내가 처음 만났던 어린아이 때부터 놀기를 아주 좋아했고, 그런 모습은 어른이 된 지금도 다르지 않다. 특히 자연 속에서 하는 캠핑과 등산, 낚시, 하이킹, 보트, 카누, 카약, 스키, 스노보드, 사이클링을 대단히 좋아한다.

세번은 2002년에 이어 2003년에도 일본을 방문해서 구마모토의 가와베 강과 오키나와 서쪽 오모테 섬의 우라우치 강에서 카누를 타며 즐겁게 지냈다. 그때 기쁨으로 빛나던 그녀의 모습이야말로 세번이 일본 여행을 통해 우리에게 전해준 최대의 메시지가 아니었나 하는 생각이 든다.

일본 각지에서 그녀 주위를 에워쌌던 아이들과 젊은이들로부터 "환경문제에서 우리가 할 수 있는 일은 무엇입니까?" 하는 질문이 쏟아질 때마다 세번은 제일 먼저 이렇게 대답했다. "밖으로 나가서 자연으로부터 배우세요. 캠핑도 가고, 공원에서 산책도 하세요."

그녀는 '생태계'나 '지속가능성' 같은 어려운 말의 진정한 의미를 알고 싶으면 자연 속에 자신의 몸을 맡겨보는 것이 가장 좋다고 말한다. 실제로 교실에 앉아 있는 것만으로는 자연과 자신의 깊은 관계를 이해할 수 없다. 그렇다면 왜 그런 관계를 이해하는 것이 필요할까? 그것은 우리 인간이 자연 없이는 살아갈 수 없는 존재이기 때문이다. 즉, 자연을 소중하게 여기는 것과 자신을 중요하게 여기는 것, 결국 그 둘은 같은 것이다.

세번은 거꾸로 일본의 아이들과 젊은이들에게 이런 질문을 던졌다. "자신이 알지도 못하는 것을 위해 어떻게 열심히 할 수 있을까요? 사랑하지도 않는 것을 위해 어떻게 싸울 수 있을까요?" 그리고 이렇게 덧붙였다. "자연과의 만나고, 자연을 즐기는 것은 단순한 취미가 아닙니다. 특히 젊은이들에게는 아무리 요구해도 지나치지 않을 만큼 귀중한 권리라고 저는 믿습니다."

세번에게 환경운동은, 하고 싶은 일을 하지 않고 참는다거나 즐거운 일이 있는 데도 그걸 하지 않고 포기하는 그런 일이 아니다. 그녀는 오히려 자신이 좋아하는 일, 마음이 편안한 일, 기쁜 일, 아름답다고 생각하는 일 속에 지금보다 세상을 더 살기 좋은 곳으로 만들어가기 위한 대답과 힌트가 있다고 믿는다. 그런 대답과 힌트가 가득 들어 있는 보물상자가 바로 그녀에게는 아웃도어다. 그래서 세번은 이렇게 호소한다.

"밖으로 나가세요!"

여러분은 자연을 지키기 위해 자기 자신이 할 수 있는 가장 중요한 일이 무엇이라고 생각하는가? 나는 세번이라는 젊은 친구에게 그 대답을 얻었다. 그것은 자연을 즐기는 것이라고. 한 마디만 덧붙이자. 이 세상을 위해 여러분이 할 수 있는 가장 멋진 일은 무엇이라고 생각하는가? 그건 이 세상을 즐기는 것이다!

제7장

분발하지 말고 천천히

천천히 걸으면 멀리까지 갈 수 있다.
― 남미의 속담

어머니의 지혜

인도인인 사티쉬 쿠마르 씨는 자신의 어머니에 대해 이야기하는 것을 무척 좋아한다. 그는 환경문제와 사회문제를 함께 생각하는 어른들을 위한 학교인 '슈마허 칼리지'의 설립자이자 〈리서전스 Resurgence〉라는 잡지의 발행인으로 전 세계에서 존경을 받고 있다. 그런 그에게 인도의 시골 마을에 살며 글자도 읽지 못하는 어머니야말로 자신에게는 가장 위대한 선생님이었다고 한다.

소년 시절에 쿠마르 씨의 가장 큰 즐거움은 어머니와 함께 보내는 시간이었다. 어머니가 농장이나 집에서 여러 가지 일을 하면서 틈틈이 시간을 내 바느질을 하거나 자수 놓는 모습을 보는 게 무엇보다 좋았다.

어느 때 어머니는 오랜 시간에 걸쳐 공들여 만든 숄(여성들이 방한이나 장식을 목적으로 어깨에 걸쳐 덮는 네모난 천 -역자)을 딸인 스라지에게 선물로 주었다. 그러자 딸, 즉 쿠마르의 여동생은 크게 기뻐하면서 이렇게 말했다.

"정말 멋진 숄이에요, 어머니. 부드럽고 산뜻해요. 눈에 잘 띄게 벽에 걸어놓을게요. 더러워지면 안 되니까 입지도 않을래요. 뭔가 흘리거나 하면 큰일 나니까."

딸이 이렇게 자신이 만든 숄을 칭찬하는 이야기를 했지만, 어머니는 그다지 기뻐하지 않는 듯했다. 어머니는 이렇게 대꾸했다.

"숄은 어깨에 걸치기 위해서 만든 물건이야. 벽을 장식하기 위한 게 아니지. 네가 어깨에 걸치라고 만든 숄이야."

그리고 어머니는 이렇게 덧붙였다. "아름다운 물건이라도 쓰기 위해 있는 거지. 쓸 만한 물건은 튼튼하고 오래갈 뿐 아니라 아름다워야 하는 법이지." 이 이야기를 듣고 쿠마르 씨는 벽에 아무것도 걸려 있지 않더라도, 우리가 집에서 쓰는 것, 예컨대 가구든 도구든 신발이든 모두 튼튼하게 직접 만들어서 오랫동안 써서 길을 들이면 그 모든 것이 아름답다는 사실을 깨달았다.

어머니의 기분을 돌이키려고 했는지 동생은 이렇게 말했다.

"어머니 재봉 솜씨는 정말로 훌륭해요. 그런데 하나를 만드는 데

반년 혹은 1년, 간혹 가다가는 훨씬 더 시간이 많이 들 때도 있잖아요. 요즘에는 어머니가 만든 것 같은 아주 좋은 솥도 눈 깜짝할 새에 만들어요. 제가 그런 걸 한번 찾아볼까요?"

어머니가 "그렇게 하겠다고?" 하고 반문하자, 동생은 "그러면 시간을 절약할 수 있잖아요" 하고 대답했다. 그 말을 들은 어머니는 이렇게 설교를 시작했다.

"시간이 부족하다는 거니? 너는 영원이라는 말을 들어본 적이 있을 게야. 신께서 시간을 만들 때 충분히 많이 만드셨지.……시간이라는 건 다 써버리는 게 아니라 언제나 다가오는 거란다. 언제나 내일이 있고, 다음 주가 있고, 다음 달이 있고, 내년이 있고, 내세가 있는 거지. 왜 그렇게 조급하니?"

딸은 이해할 수 없는 표정으로 이렇게 반론을 폈다.

"편리한 물건을 써서 시간을 절약하는 게 좋지 않아요? 그러면 다른 일을 좀더 많이 할 수 있을 테니까 말이에요."

어머니는 이렇게 대답했다.

"시간이라는 건 얼마든지 써도 없어지지 않는 거야. 그런데 그게 부족하다고 일부러 쓰면 없어지는 시간을 쓰고 싶어하는 것밖에 더 되겠니?"

그러면서 이렇게 덧붙였다.

"재봉틀은 쇠붙이로 만들지. 그런데 이 세상에는 그런 쇠붙이가 한정되어 있어. 쇠붙이를 얻으려면 땅을 파헤칠 수밖에 없잖아. 그런 쇠붙이로 기계를 만들려면 공장이 필요하고, 공장을 만들려면 더 많은 유한한 재료가 필요해지지. 그렇다면 파헤치는 행위는 폭력이고, 그런 공장 역시 폭력으로 가득 차는 거지! 얼마나 많은 생물이 죽임을 당하고, 또 그런 쇠붙이를 파내는 일로 얼마나 많은 사람은 땅속 깊은 곳에까지 들어가서 고통을 당하겠니?……왜 자신의 편리함을 위해 그들을 고통 속으로 몰아넣어야 하는 거지?"

이 말을 듣고 스라지는 이제야 깨달았다는 듯이 고개를 끄덕였다. 어머니는 기분이 한결 좋아진 듯 계속 말을 이어나갔다.

"나는 바느질을 할 때만큼 마음이 편할 때가 없어. 그런 일을 기계가 하는 일과 비교하면 정말 곤란하지. 그런 일은 있을 수 없어. 기계가 있으면 일이 줄어든다고 하지만 나는 그건 거짓말이라고 생각해. 숄을 1년에 한두 장 정도는 몰라도 열 장을 만들려면 아등바등 일에 매달릴 수밖에 없잖아. 그렇게 되면 이전보다 훨씬 더 많은 옷감이 필요하지. '시간을 절약해서라도 남은 시간에 뭔가를 해야 한다?' 그건 아니야. 일하는 기쁨은 내게 보물 같은 거야."

진정한 아티스트란 분명히 이런 어머니 같은 사람을 말하는 게 아닐까. 여러분도 시간이 드는 일을 성가시게 여기지 말고 다음과 같은 일을 해보면 어떨까. 남자든 여자든 언제든 아무런 문제가 없다. 여러분도 일하는 즐거움을 자신의 보물로 삼게 되면 진짜 아티스트가 될 것이다.

　기계 대신 도구나 자신의 손을 써서 여러 가지 것들을 만든다. 그림을 그리든 조각을 하든 목공 일을 하든 상관없다. 논일이나 밭일을 거들어준다. 부엌에 드나들면서 식사를 준비하거나 그 일을 도와준다. 바느질을 한다. 헝겊을 깁든 자수를 하든 뜨개질을 하든 상관없다. 텔레비전을 없애고 가족들이 모여 즐겁게 지낸다. 촛불을 켜놓고 식사를 한다. 물통에 좋아하는 마실 거리를 넣어서 어디든 가지고 다닌다. 정원을 돌본다. 자기가 손수 기른 채소를 먹는다…….

기다리고, 따라가고

　내게 있어 어머니는 가장 위대한 선생님이었고, 지금도 그렇다. 아직은 쌀쌀한 초봄의 어느 날, 어느덧 여든다섯이 된 어머니와 함께 산책하러 나갔다. 우리는 팔짱을 끼고 천천히, 천천히 걸었다. 매년 조금씩, 하지만 어머니가 걷는 속도는 확실히 떨어졌다. 올해는 작년보다, 내년은 올해보다 더 느릴 것이다. 어머니의 체력이 떨어졌다는 것만이 이유는 아니다. 어머니는 이전보다 더 열심히 산책을 하고 있다. 어머니는 오감을 통해 주위의 봄기운을 받아들인다. 마치 이 봄이 생의 마지막 봄인 것처럼.

　어머니는 혼자 살지만 지금도 먹을거리에 대해서만큼은 옛날 방식 그대로다. 재료를 정하는 것에서부터 조리하는 것까지 모두 혼자 힘으로 한다. 작은 부엌에서 눈 깜짝할 새에 멋진 요리를 만들어내는 마술사 같은 모습도 여전하다. 화가로서의 실력도 계속 향상되고 있으며, 작업 속도도 더 빨라졌다. 편안하고 즐거운 모습으로 계속 작품을 만들어내고 있다.

그럼에도 어머니의 산책은 점점 느려져 간다. 산책 도중에 끊임없이 멈춰 서서 등을 곧추세우고는 가슴을 활짝 펴서 숨을 고른다. 그러고 나서 다시 발걸음을 떼지만 그 걸음걸이가 너무나 느려 서 있는 것과 구별이 되지 않을 정도다. 그런 어머니와 어깨를 나란히 하며 걷는 것은 사실 그리 즐거운 일이 아니다. 익숙해지려면 시간이 걸리기 마련이다. 처음에는 나 자신을 타이르면서 발걸음에 자꾸만 제동을 걸었다. '이봐, 이봐, 보조를 맞춰야 해. 기다려. 지금은 참고 견뎌야 할 때야. 어려운 일이 아니라는 걸 보여줄 때라고. 이런 게 효도라고…….' 그렇게 하니까 뭔가 제대로 되는 것 같았다.

나중에는 달팽이가 된 것 같은 기분이 들었다. 익숙해지는 것도 나쁜 게 아니다. 달팽이가 더듬이를 세운 것처럼 나도 세상을 향해 안테나를 세웠다. 마치 몸 전체가 안테나 같다. 어머니와 함께 멈춰 서서 나뭇가지 끝에 귀를 기울인다. 길가의 꽃을 바라본다. 어머니와 한 마음이 되어 새의 모습을 찾아 그 소리를 가려낸다.

마침내 내 마음은 그리움으로 젖어들었다. 내 딸들이 아직은 어렸을 때 등에 업거나 유모차에 태우거나 손을 붙잡고 느린 걸음으로 아장아장 산책했던 때가 떠오른다. 장애가 있어 걸을 수 없는 친구의 휠체어를 천천히 밀 때가 떠오른다. 그것만이 아니다. 어머니 손을 잡고 걸었던 먼 옛날의 일도 떠오른다. 우리는 모두 그렇게 자신보다 느린 사람들의 느림에 맞추어 걸었고, 나보다 빠른 사람들은 참을성 있게 어깨를 맞대며 함께 걸어주었다. 앞으로도 우리는 속도가 다른 모든 존재와 보조를 맞춰가면서 함께 살아갈 것이다.

문득 노년의 내가 딸들이나 그 자식들의 손에 이끌려 느릿느릿 걷는 모습을 상상한다. 원래 인생이라는 건 그렇게 기다리기도 하고 기다려주기도 하고, 또 따라가기도 하고 따라가 주기도 하면서 살아가는 것이 아닐까.

서두르지 않고, 분발하지 않고

일본만큼 사람들이 서로 서두르게 하고, 자기 자신을 재촉하는 사회도 드물 것이다. '분발하자'가 이 사회의 슬로건이다. 생텍쥐페리의 《어린 왕자》에서 왕자가 이렇게 말한 것이 생각난다.

"사람들은 특급열차를 잡아타지만 무얼 찾아가는지 몰라. 그러니까 갈팡질팡하고 빙빙 돌고 해."

우리는 스스로에게나 다른 사람들에게나 '분발하라'고 하지만, 무엇을 위해, 무엇을, 어떻게, 분발할 것인지 이제 아무도 알 수 없게 되었다. 부모들은, 그리고 교사들은 아이들에게 도대체 얼마만큼이나 '급하게'나 '재빠르게', '빨리' 같은 말을 해야 직성이 풀릴까? 유아나 노인, 장애인처럼 나름의 느림을 가진 사람들에게 우리는 점점 더 짜증을 내며 냉정한 태도를 보이고 있지 않은가? 하지만 우리가 기다리지 않는 것은 다른 사람만이 아니다. 이제는 우리 자신도 기다리지 않는다.

우리가 기다리지 않는 것은 인간만이 아니다. 그것에 대해서는 제1부에서 이미 살펴본 바 있다. '더 많이' '더 빨리'를 기치로 내걸고 마치 플라스틱 제품을 생산하는 것처럼 채소나 동물을 '생산'하는 현대의 농업과 축산업에서는 시금치의 시간이나 닭의 시간을 여유 있게 기다려주지 않는다. 지구온난화라는 것도 지구의 속도를 기다리지 못하는 조급한 인간들의 소행에서 비롯되었다. 생물체에도 무척이나 살기 어려운 세상이다.

인간이 분발하면 분발한 만큼 다른 생명체에게 피해를 끼친다는 사실은 명백하다. 자신의 '분발'이 타인에게 피해가 되는 것 또한 사실이다. 그런데도 어제까지는 '나만 괜찮으면 된다'고 생각해왔다. 하지만 지금은 그 '분발'이 실제로는 자기 자신을 더욱 고통스럽게 하고, 인생을 살기 어렵게 만든다는 사실을 우리는 분명하게 보고 있다. 그러니 이제 분발하는 것을 그만두자! 슬로라이프란 자신의 속도로 살아가는 것. 자기 자신을 기다려주는 것. 그리고 함께 살아가는 주변 사람들을 기다리거나 기다려주는 관계를 중요하게 여기는 것. 그리고 자연계의 시간과 맞추어서 살아가는 것.

여러분에게 멋진 시를 하나 선사하고 싶다. 이 시를 지은 사람은 뇌성마비 장애가 있는 나의 친구 우치유진이다. 여러분이 너무 분발해서 괴로울 때 이 시를 떠올려보면 좋을 것 같다.

분발하지 않는다는 건

유치유진

분발하지 않는다는 건, 즐겁다.

분발하지 않는다는 건, 유쾌하다.

분발하지 않는다는 건, 자신의 시간을 보내는 것.

분발하지 않는다는 건, 행복하다.

분발하지 않는다는 건, 몸에 좋다.

분발하지 않는다는 건, 마음에도 좋다.

분발하지 않는다는 건, 자신을 아는 것.

분발하지 않는다는 건, 건강하다.

분발하지 않는다는 건, 다투지 않는다.

분발하지 않는다는 건, 자연에 다정하다.

분발하지 않는다는 건, 남에게 상처를 주지 않는다.

분발하지 않는다는 건, 진정한 '평화'.

분발하지 않는다는 건, 지구를 계속 사랑하는 일.

분발하지 않는다는 건, 우주.

분발하지 않는다는 건, 나다.

마치며 |||||||||||||||||||||||

벌새의 한 방울

이 책을 마치면서 지금까지 인내심을 갖고 동행해준 여러분에게 한 가지 이야기를 들려주고 싶다. 남미 안데스 지방에 사는 원주민족인 키추아족 친구에게 들은 벌새에 관한 이야기다. 여러분 중에 벌새를 아는 사람이 있을지 모르겠다. 아메리카 대륙에서 서식하는 몸길이 10센티미터 전후의 작은 새로, 그 생김새가 참새와 비슷해서 벌새humming bird라는 이름으로 부르는데, 빛나는 깃털이 아름다워서 '숲의 보석'으로도 불린다.

어느 날 숲에 큰불이 났습니다.
숲의 모든 동물은 불을 피해 피난을 떠났습니다.
하지만 그때 크리킨디라는 작은 벌새는 홀로 한 방울 한 방울 물을 물어다가
불을 껐습니다.

다른 동물들은 그 모습을 보고

"그렇게 해서 불이 꺼질 거 같아" 하면서 비웃었습니다.

크리킨디는 이렇게 대답했습니다.

"나는 지금 내가 할 수 있는 일을 하는 것뿐이야."

　이 짧은 이야기 속에는 많은 가르침이 담겨 있다. 크리킨디는 작은 몸집과는 달리 큰 용기를 가지고 있다. 그런데 크리킨디와 달리 왜 다른 동물들 불을 끄려 하지 않고 도망을 쳤을까? 그건 그들이 의지도 없는 데다 비겁했기 때문이 아닐까? 어쩌면 큰 힘을 가진 곰은 새끼 곰들을 지키기 위해 피난을 갔는지도 모른다. 발이 빠른 재규어는 뒷다리에 붙은 불에 흙을 끼얹느라 정신이 없었을지도 모른다. 또 비를 부를 수 있다는 '비내림새'들은 물로 불을 끌 수 있다는 사실을 몰랐을지도 모른다.

우리 인간은 모든 생명체 중에서 가장 큰 힘을 갖고 있다. 우리가 이 책에서 본 것처럼 그 힘은 유감스럽게도 인간 서로에게 상처를 주거나 자연환경을 파괴하는 데 사용되었다. 하지만 다행스러운 것은, 인간은 문제를 문제로서 자각할 수 있는 능력이 있다는 사실이다. 그래서 그런 사실을 깨닫게 되면 문제를 해결하는 방법을 모색하고 계획을 세워 행동에 반영한다. 모두가 힘을 합치면 작은 물방울들을 모아 불타는 숲의 불을 끌 수 있는 능력을 갖춘 것이다.

　환경파괴, 물 부족, 지구온난화, 전쟁, 기아, 빈곤, 원자력 발전소의 위험······. 우리가 살아가는 이 세상은 심각한 문제들로 가득차 있다. 하지만 우리는 그런 중대한 문제보다 더 큰 문제가 있다는 사실을 깨닫지 못하고 있다. 그것은 '이런 중대한 문제에 맞서 내가 할 수 있는 일은 아무것도 없다'고 처음부터 체념하고 만다는 것이다. 만약 우리 사이에 널리 퍼져 있는 이 같은 패배의식을 날려버릴 수 있다면, 예컨대 '내가 할 수 있는 일도 있다!' 고 생각한다면 그 순간 우리가 맞닥뜨린 문제의 절반은 이미 해결된 것이나 다름없지 않을까?

그렇다면 그 뒤에 남아 있는 나머지 절반의 문제를 해결하기 위해 우리가 할 수 있는 일은 무엇일까? 물론 우리는 '내가 할 수 있는 일' 밖에 할 수 없다. 크리킨디가 물을 한 방울씩 불 위에 떨어트려 불을 끄려고 했던 것처럼, 우리는 주위로부터의 격려와 지지를 자양분 삼아 '내가 할 수 있는 일을 한다' 는 작은 희망의 씨앗을 자신 속에서 키워나가는 수밖에 없다. 그런 노력이 열매를 맺기까지는 오랜 시간이 걸릴 것이다. 느리다. 지름길도 없다. 하지만 그래도 좋다. 서두르지도 말자. 천천히, 천천히 해도 괜찮다.

제1부

제1장
'12月のうた' 茨木のり子(《茨木のり子 詩選 落ちこぼれ》水內喜久雄選, 蒼理論社)
《빠빠라기》투이아비(동서고금 외)

제2장
《모모》미하엘 엔데(민음사 외)
《地球文明の未來學》ヴォルフガング ザックス 川村久美子 · 村井章子譯(新評論)

제3장
《エンデの遺言「根源からお金を問うこと」》河邑厚憲 · グループ現代(日本放送出版協會)
'とも食いというテロリズム' ヴァンダナ · シヴァ(〈週刊金曜日〉2002年 12月 6日號)

제4장
'花のかず' 岸田衿子(《いそがなくてもいいんだよ》童話屋)
'南の繪本' 岸田衿子(《いそがなくてもいいんだよ》童話屋)
《어린왕자》생텍쥐페리(문예출판사 외)
《生命の聖なるバランス》デイヴィッド T. スズキ 柴田讓治譯(日本敎文社)
《パワー · オブタッチ》フィリス K. デイヴィス 三砂ちづる譯(メディカ出版)
《 'モモ'と考える時間とお金の秘密》境毅(書肆心水)

제2부

제1장
'Call Me Sloth' アンニャ・ライト(CD 'スロ マザ ラブ' ナマケモノ倶樂部)

제2장
《スロ フ ドな日本》島村奈津(新潮社)
《スロ フ ドな人生》島村奈津(新潮社)
'なぜ若者は農のある暮らしをめざすのか' 結城登美雄・辻信一(現代農業増刊號〈靑年歸農〉2002年 8月)
《파브르 곤충기》앙리 파브르(현암사 외)

제3장
'なにもない' 谷川俊太郎(《空に小鳥がいなくなつた日》サンリオ出版)
《경제성장이 안 되면 우리는 풍요롭지 못할 것인가》 더글러스 러미스(녹색평론사)

제4장
《考え, 賣ります》ダグラス ラミス(平凡社)
Alice Walker "We alone" in "Anything We Love Can Be Saved"
《經濟成長神話からの脫却》クライヴ ハミルトン 嶋田洋一譯(アスペクト)

제5장
Cat Stevens Where Do the Children Play?
《遊びと日本人》多田道太郎(角川書店)

제6장
《당신이 세상을 바꾸는 날》세번 칼리스 스즈키(아이터)

제7장
《君あり, 故に我あり 依存の宣言》サテイ・クマール 尾關修・尾關澤人譯(講談社 學術文庫)

마치며
《ハチドリのひとしずく いま, 私にできること》辻信一 監修(光文社)
私にできること 地球の冷やしかたにかた》辻信一 監修(ゆっくり堂)

전체적으로 참고로 한 책
《슬로 이즈 뷰티풀》쓰지 신이치(빛무리)
《슬로 라이프》쓰지 신이치(디자인하우스)
《スロー快樂主義宣言!》辻信一(集英社)

옮긴이 **이문수**

서강대 종교학과를 졸업하였으며, 옮긴 책으로는《도교의 신들》,《이슬람 환상세계》등이 있다.

1판 1쇄 펴낸날 2007. 12. 12
2판 2쇄 펴낸날 2011. 5. 9

지은이| 쓰지 신이치(이규)
옮긴이| 이문수
펴낸이| 권혁정
펴낸곳| 나무처럼

출판등록| 제313-89-2004-000145호(2004. 8. 7)

주소| 서울시 마포구 서교동 377-13 성은빌딩 102호
전화| 02)337-7253
팩스| 02)337-7230
E-mail| namubooks@naver.com

표지 및 본문 디자인| 안가현 박정은
ISBN| 978-89-92877-09-1 (03830)